英美后现代文学概要

史成业◎著

吉林出版集团股份有限公司

全国百佳图书出版单位

图书在版编目（CIP）数据

英美后现代文学概要 / 史成业著 . -- 长春 : 吉林
出版集团股份有限公司 , 2023.3
ISBN 978-7-5731-3168-3

Ⅰ . ①英… Ⅱ . ①史… Ⅲ . ①后现代主义—文学研究
—英国—现代②后现代主义—文学研究—美国—现代
Ⅳ . ① I561.065 ② I712.065

中国国家版本馆 CIP 数据核字 (2023) 第 057043 号

英美后现代文学概要

YING-MEI HOUXIANDAI WENXUE GAIYAO

著　　者	史成业	
责任编辑	王　宇	
封面设计	李　伟	
开　　本	710mm×1000mm	1/16
字　　数	150 千	
印　　张	10.25	
版　　次	2023 年 3 月第 1 版	
印　　次	2024 年 1 月第 1 次印刷	
印　　刷	天津和萱印刷有限公司	

出　　版	吉林出版集团股份有限公司
发　　行	吉林出版集团股份有限公司
地　　址	吉林省长春市福祉大路 5788 号
邮　　编	130000
电　　话	0431-81629968
邮　　箱	11915286@qq.com
书　　号	ISBN 978-7-5731-3168-3
定　　价	62.00 元

作者简介

史成业，男，1973 年生于山东莒县，自幼爱好广泛，尤其对文学颇感兴趣。1997 年自鲁东大学外语系毕业后，在曲阜师范大学外国语学院外国语言学与应用语言学专业继续深造，于 2000 年研究生毕业。现就职于山东财经大学，讲师，公共外语教学部专职教师，主要研究方向是英美文学与文化。多年从事英美文学的教学工作，曾参与多项科研课题的研究工作。

前　言

　　后现代主义是一个极为复杂的概念，有人认为它是现代主义的继承和发展，有人认为是对现代主义的扬弃和反叛。不管怎么说，后现代主义都呈现出了对启蒙运动以来主流社会思想的质疑与消解。相对说来，英美文学在 20 世纪以前的历史中脉络比较清晰，在相对较长的时间段中，总有一种主流的文学思想，如骑士文学、古典主义文学、浪漫主义文学、现实主义文学等。历史的指针拨到了 20 世纪，随着经济的发展、人口的增加、社会结构的复杂化，各种思潮纷至沓来，正所谓"你方唱罢我登场""百花齐放、百家争鸣"。从现代主义中的达达主义、象征主义、未来主义、超现实主义、意识流等到后现代主义中的"黑色幽默""元小说""魔幻现实主义"等，一时让人眼花缭乱。

　　然而，后现代主义绝对不是一个用三言两语能说清楚的概念，它有着深刻的历史文化渊源。经过漫长的中世纪，欧洲文艺复兴带来了人的解放，欧洲各种艺术形式迎来了高光时刻，不只是绘画、雕塑、音乐、建筑、文学等领域，就是各自然科学和工业技术也日新月异，人类成为自己命运的主宰，似乎只要充分发挥和遵循人的理性，人类就会在地球上建立一个"上帝之城"。技术的进步、经济的发展，地理大发现也都在极大地、迅速地扩大欧洲人的视野，也在慢慢地扩大他们的胃口。当地球上最后一块陆地被发现，各大资本主义国家之间的矛盾也慢慢白热化了，第一次世界大战已经变得不可避免。经过第二次世界大战各种反主流、反社会的思潮层出不穷，体现在文学领域中，各种实验文学一时蔚为大观，那些让观众不知所措，甚至当众昏厥的"荒诞戏剧、残酷戏剧"等千奇百怪的戏剧形式、那些挑战读者阅读传统和心理底线的诗歌小说，共同把后现代主义文学推上了历史的王座。

　　笔者多年从事英美文学的教学工作，在教学过程中发现，有很多学生对于后现代主义文学的阅读、理解都表现出了困惑和疑问。这或是因为后现代主义思想背景的缺乏，或是因为对后现代写作技巧的不熟悉，或是因为对 20 世纪大众社会文化的隔膜。笔者在教授学生相关知识的同时，慢慢有了一个想法，就是把英美后现代主义文学的相关教学内容整理扩充一下，编成一本书，作为对教学工作的一个辅助。

这本书主要分为三个部分：第一部分就是第一章，主要讲述孕育后现代主义文学的社会文化土壤；第二部分就是第二章，扼要介绍重要的后现代主义思想家的观点；第三部分包括第三章到第五章，这一部分把千姿百态、琐碎复杂的后现代主义文学，从诗歌、戏剧和小说三个类别，进行大体的分类并扼要叙述，以便读者能够有一个大概的轮廓。由于作者才疏学浅，错误之处在所难免，祈请各位老师、朋友不吝指点。

2022 年 9 月于济南

目 录

第一章 后现代主义的社会、文化与文学

　　启蒙运动对于西方的社会和文化影响深远，它确立了理性的绝对地位，而后现代主义是一股全然不同的社会文化思潮，它拒斥一切的现代化理论，对于逻各斯中心主义、基础主义、本质主义和元叙事等一概加以否定，采取一种多元的、表面化的、短暂的、散乱的、无中心的和不确定的思想倾向。它于 20 世纪 60 年代左右产生于西方发达国家，涉及哲学、艺术、文学、历史学、政治学和伦理学等多个领域，自产生之日起，就在全球产生了广泛的影响。

　　对于后现代主义和现代主义的关系，持不同社会文化立场的学者有不同的见解：有人认为，后现代主义是现代主义的延续和反驳，另一些人认为，后现代主义是对现代主义的反叛和决裂。现在的西方学术界越来越多的人认为，后现代主义虽然与现代主义有着千丝万缕的联系，但是却呈现出一种截然不同的特点，是一种崭新的文化和艺术思潮，它是一种没有中心的多元文化。特里·伊格尔顿（Terry Eagleton）是英国的著名学者和文论家，他对于后现代主义有过很多经典的论述。按照他的说法，后现代性实际上是一种全新的思想风格，它对于具有重要传统意义的经典概念，如真理、理性、同一性和客观性等发出了质疑，乃至于也不相信普遍进步和解放的观念，单一体系和大叙事也失去了最终的根据。后现代主义的信条和启蒙主义规范是对立的，"它把世界看作偶然的、没有根据的、多样的、易变的和不确定的"[①]，后现代主义的文化是分离的，这些文化质疑真理、历史和规范的所谓"客观性"，它指明西方发生了一种历史性转变——朝着消费主义、技术应用和文化

产业短暂的、无中心化的转变。服务、金融和信息产业成为主流，压倒了传统制造业，"身份政治学"得到了扩散。因而，后现代主义的文化风格就呈现出一系列的特征，如无深度的、无中心的、无根据的，这种文化是游戏的、模拟的，它提倡折中主义和多元主义的艺术，打破了"高雅文化"和"大众"文化之间的壁垒，也模糊了日常经验和艺术的界限。

尽管"后现代"一词得到了社会的广泛认可，但要说它究竟是何时出现的，依然是一件困难的事情。根据伊哈布·哈桑（Ihab Hassan，1925—2015）的考证，后现代主义一词最早出现于西班牙作家德·奥尼斯（Federico De Onis，1888—1966）的《西班牙和西班牙美洲诗选》（*Antologia de la Poesia Espannolae His-Panoamericana*，1934）一书中。后来，费兹（D.Fitts）在1942年编辑出版的《当代拉美诗选》中沿用这一说法。到了20世纪四五十年代，"后现代"一词开始用于有别于传统风格的建筑学和诗歌等领域。1947年，在英国历史学家汤因比（Arnold Toynbee，1889—1975）的《历史研究》中开始用"后现代"指称1875年开始的西方文化史的阶段。我们现在多数论者所谈的后现代主义是指20世纪60年代左右出现的文化思潮。随着哈桑、丹尼尔·贝尔（Daniel Bell，1919—2011）、弗朗索瓦·利奥塔（Jean Francois Lyotard，1924—1998）、哈贝马斯（Jürgen Habermas）、让·鲍德里亚（Jean Baudrillard，1929—2007）、詹明信（Fredric Jameson、大卫·哈维（David Harvey）、琳达·哈琴（Linda Hutcheon、福科（Michel Foucault，1926—1984）、拉康（Jacques Lacan，1901—1981）、德里达（Jacques Derrida，1930—2004）和德勒兹（Gilles Louis René Deleuze，1925—1995）等学者陆续对后现代性做出论述，以及各种其他的后现代主义理论和社会文化见解纷纷登场，一时出现了"百家争鸣"的繁荣景象，"后现代"这个概念也随之变得异常复杂。

后现代主义文学主要是在第二次世界大战后开始兴起的，广泛影响了西方社会的一种文学潮流，它的高潮出现在 20 世纪七八十年代，90 年代开始慢慢落潮。和通常意义上的思潮、流派不同，后现代主义文学既不是一个文学流派，不存在被广泛认同的纲领和宣言，也不是一个作家或批评家的群体。尽管如此，后现代主义文学还有一些共同的特征，如：彻底地反传统，拒绝所谓的"终极价值"，反对现代主义关于深度的"神话"，崇尚所谓的"零度写作"（Writing Degree zero）；意图打破精英文学与大众文学的界限，甚至是文学与非文学的界限等。

一、后现代主义社会文化的发展

艾布拉姆斯认为后现代主义开始于二战以后，他说："后现代主义通常用于指第二次世界大战以后的文学艺术作品。在这一时期，纳粹的极权主义、大规模的人种灭绝、原子弹毁灭世界的威胁、对自然环境愈来愈严重的摧残、人口过剩所造成的不祥后果大大地加重了第一次世界大战对西方道德准则的灾难性影响。后现代主义不仅是对现代主义反传统尝试的继续（有时趋于极端），而且也是抛弃其现代主义形式的不同尝试，因为现代主义形式在其发展过程中不可避免地也变得日益陈旧。"[②]

当代著名学者布莱恩·麦克黑尔（Brian McHale）和伦恩·普莱特（Len Platt）在《剑桥后现代文学史》（The Cambridge History of Postmodern Literature，2016）的概述中把 1966 年看成后现代主义文化元年，他们认为，在这一年，叙事学在巴黎兴起；10 月，罗兰·巴尔特（Roland Barthes）、雅克·德里达、雅克·拉康和保罗·德曼（Paul de Man）等人参加了在美国约翰斯·霍普金斯大学举行的著名会议——结构主义之争：批评的语言与人的科学，从而把后结构主义引入美国。同年，罗伯特·文丘里（Robert Venturi，1925—2018）的《建筑的复杂性与矛盾性》（Complexity and Contradicion in Architecture）和阿尔多·罗西（Aldo Rossi，1931—1997）的《城市的建筑》（L'architettura della cittá）这两本书的出版开启了后现代主义建筑的讨论。现代主义的建筑观是"形式服从功能"，罗西反对只从功能主义角度来看城市，他认为，除了经济、行政、流通等功能，城市也有历史和记忆，在较老的城市中，功能有时可以服从形式，如罗马广场的纪念碑、凯旋门和神庙等古建筑依然能继续塑造城市。在这一年，其他的欧洲文化包括一些更加注重艺术性的小众的电影，如米开朗琪罗·安东尼奥尼（Michelangelo Antonioni，1912—2007）的异化和荒诞色彩浓郁的电影《春光乍泄》（Blow-Up），法国戈达尔（Jean-Luc Godard，1930—2022）的《男性，女性》（Masculine Feminine），瑞典英格玛·伯格曼（Ernst Ingmar Bergman，1918—2007）的《假面》（Persona）等也进入美国，与美国"地下电影院"放映的电影如安迪·沃霍尔（Andy Warhol，1928—1987）的《切尔西女孩》（Chelsea Girls）遥相呼应。

1966 年，艺术界和摇滚乐事业遭遇了剧烈的重新定位。著名的波普艺术家安迪·沃霍尔放弃了绘画，将他的艺术进一步推向"非物质化"，这成为后现代主义的典型特征。披头士乐队（The Beatles）因为大批失控的疯狂歌迷而头痛不已，于是结束巡回演唱，回到了录音室，以后再也没有走出录音棚。同年 7 月，正处于事业巅峰时期的鲍勃·迪伦（Bob Dylan）进入地下，来到伍德斯托克附近乐队房子的地下室录音室，重新熟悉音乐的原始素材。

菲利普·k.迪克（Philip K. Dick，1928—1982）开始创作电影《银翼杀手》（Blade Runner，1982 拍摄）、《宇宙威龙》（Total Recall，1990 拍摄）和《尤比克》（Ubik，1969 年出版）的文本。在 1966 年，垮掉派作家威廉·S.巴勒斯（William S. Burroughs，1914—1997）出版了用剪切和折叠手法修订的长篇小说《软机器》（The Soft Machine），而约翰·阿什伯里（John Ashbery，1927—2017）和艾伦·金斯伯格（Allen Ginsberg，1926—1997）都发表了拼贴长诗。杜鲁门·卡波特（Truman Capote，1924—1984）推出了混合小说《冷血》（In Cold Blood），简·里斯（Jean Rhys，1890—1979）开创了后现代"重写"

规范的著作《藻海无边》（Wide Sargasso Sea），约翰·巴思（John Barth）发表了《羊孩贾尔斯》（Giles Goat-Boy）。这一年是托马斯·品钦（Thomas Pynchon）发表了《拍品第 49 批》（The Crying of Lot 49），很多人认为这是现代主义和后现代主义的分野之作。

反越战运动在 1966 年就已经开始了，比如，艾伦·金斯伯格那一年的反战纪念诗《奇奇塔旋风经》（Witchita Vortex Sutra）就充满了反战精神。这一年，全国妇女组织（NOW）成立，为妇女在工作场所、家庭和公共领域争取正义。黑人分离主义组织黑豹党（Black Panther Party）也于同年成立。20 世纪 60 年代的反文化艺术是流行文化与先锋文化杂交的产物，这些反主流文化与当时的政治运动密切相关，包括黑人民族主义和反战运动。

随着电视的出现，以及 20 世纪 60 年代一系列电子媒体在社会空间的日益饱和，人类环境本身的性质发生了变化，变化的方式是现代思想家以前从未想象过的。从 1948 年到 1961 年，电视在美国家庭中的占比从不足 10% 上升到超过 90%。这种交流和娱乐形式挑战了时间和空间的线性关系，突出了对框架的意识，电视也没有坚持表面和深度的惯例。事实上，电视都是模仿的产物。它用凸显前景和背景、不断流动的视角取代了文艺复兴以来传统的时间视角。家庭电视成为电视演播室的背景，电视演播室又成为整个世界的背景。"美国电视的融资模式颠覆了传统的消费者与消费品之间的关系，即生产商将产品卖给消费者。广播公司通过向公众免费提供节目，以换取进行广播的许可。这样，被节目吸引的观众就可以被卖给商业利益集团。电视不是把啤酒卖给人，而是把人卖给啤酒"[③]。

在一个媒体充斥日常生活的时代里，人的经历被无处不在的大众媒体所引导和改变，丹尼尔·布尔斯廷（Daniel Boorstin，1914—2004）认为我们已生活在一种"影像文化"之中，被商业广告和"伪事件"所迷惑。新闻报道开始倾向于"制造新闻"，名人就是扮演名人角色的人，是大量生产的捏造形象。形象和伪事件无休止地扩散，新的消费品不断涌现，"我们现在感知和经历的一切都在'商品资本主义'的邪恶咒语下运作"④。全球资本主义将所有其他系统都纳入一种贪婪的利润和商品化逻辑中。"资本剥削工人至死？荒谬的是，最糟糕的情况却是工人被拒绝死亡。正是通过推迟他们的死亡，他们才被打造成奴隶，并被判处屈辱的无限期的劳动。"⑤

二、后现代主义实验文学的发展

查尔斯·詹克斯（Charles Jencks，1939—2019）是第一个将后现代主义引入设计领域的美国建筑评论家。他的著作如《后现代建筑的语言》（The Language of Post-modern Architecture）和《后现代主义》（Post Modernism）等对建筑和后现代主义产生了巨大的影响。他提出了"双重译码"（Double Coding）这一概念。"双重译码"是后现代建筑的一种创作方法，它的最大特点是把各种相对或相反的文化元素，如新与旧、现代与古典、高雅与大众、历史与时尚等杂糅在一起，这种对多种设计元素和文化元素的折中与调和会给人带来一种非常奇特的体验。它的另一种折中形式是"异域混血"，即把不同的文化元素进行重叠、并列、综合、交融等相关操作，组合成一个新的文化系统，这个系统更加包容、更加开放，从而实现不同民族文化的和谐统一。

双重译码的"文学性"或"文本性"，也体现在博尔赫斯（Jorge Luis Borges，1899—1986）、约翰·巴斯、翁贝托·艾柯（Umberto Eco，1932—2016）等人的后现代主义作品中。琳达·哈琴在《后现代主义诗学》（A Poetics of Postmodernism：History，Theory，Fiction）中采纳了詹克斯的双重译码概念，并将其发展为后现代主义文学的典范。

这种从建筑理论和实践中衍生出来的双重译码模式，有助于解释一系列具有鲜明特征的后现代主义文学作品，从小说如莱昂纳德·科恩（Leonard

Norman Cohen，1934—2016）的《美丽的失败者》（Beautiful Losers，1966）和伊斯米尔·里德（Ishmael Reed）的《黄后盖收音机破了》（Yellow Back Radio Broke-Down，1969）和《芒博琼博》（Mumbo Jumbo，1972），以及长诗，如肯尼斯·科赫（Kenneth Koch，1925—2002）的《地球上的季节》（Seasons on Earth，1959、1977、1987）和爱德华·多恩（Edward Dorn，1929—1999）的《枪手》（Gunslinger，1968—1975），以及詹姆斯·梅利尔（James Merrill，1926—1995）的长组诗《山多瓦变化的光》（The Changing Light at Sandover，1976—82），安吉拉·卡特（Angela Carter，1940—1992）的《马戏团之夜》（Nights at the Circus，1984），保罗·奥斯特（Paul Auster）的《纽约三部曲》（New York Trilogy，1985—86），萨曼·拉什迪（Salman Rushdie）的《撒旦诗篇》（The Satanic Verses，1988），托尼·库什纳（Tony Kushner）的布莱希特戏剧（Brechtian drama）《天使在美国》（Angels in America，1991—92），马克·丹尼利斯基（Mark Z. Danielewski，1966）的《树叶之屋》（House of Leaves，2000），大卫·米切尔（David Mitchell，1969）的《云图》（Cloud Atlas，2004），朱诺·狄亚兹（Junot Diaz，1968）的《奥斯卡瓦奥的非凡小传》（The Brief Wondrous Life of Oscar Wao，2007），等等。

　　将前卫主义与后现代主义的波普艺术相结合，拉里·麦卡弗里（Larry McCaffery）提出了"前卫波普"（Avant-Pop）小说，"他提倡艺术以消费品和大众传媒为焦点，具有前卫的颠覆精神，强调激进的形式创新"[⑥]。这一类型的作品囊括了许多超小说和其他激进的实验主义者，如凯西·阿克（Kathy Acker，1948—1997）、唐纳德·巴塞尔姆（Donald Barthelme，1931—1989）、威廉·巴勒斯（William S. Burroughs，1914—1997）、雷蒙德·费德曼（Raymond Federman，1928—2009）、诺纳德·苏肯尼克（Ronald Sukenick，1932—2004）、威廉·沃尔曼（William T. Vollmann）、大卫·福斯特·华莱士（David Foster Wallace，1962—2008）等。

　　二战以后，设计领域缺乏生气和创造力，当时的主流现代主义国际风格沉闷、单调冷漠、严肃，波普设计的艺术主张产生了巨大的影响，这种新的设计风格很人性化，诙谐、活泼、轻松，给人带来崭新的艺术体验。波普风格有着突出的色彩感，对形态的表现也令人耳目一新，各领域的设计师受到波普风格的影响，创作的作品一扫之前的乏味沉闷，表现出蓬勃的生命力。"波普设计以一种主动贴近大众的设计方式，消解了精英艺术与大众文化的差别、现代技术与人类情感的隔阂。波普艺术及波普设计对后现代主义运动产生了极大的影响，它是后现代主义运动黎明到来前的一道曙光。"⑦

　　拼贴文学的出现也是一个引人注目的现象，美国诗人罗纳德·约翰逊（Ronald Johnson，1935—1998）的《Radi Os》是一部典型的拼贴作品。"约翰逊（Ronald Johnson）的《Radi 0s》以《失乐园》为基础，精心删除前四卷大部分内容，用剩余的词语展现了一个具有独特性的故事。《Radi 0s》的创作理念在名字中早有暗示。表面上，'Radi Os'是删节'Paradise Lost'中的字母所得，这与作品的写作手法一致。然而，塞林格（Selinger，2002）认为其中另含深意：英文中'Radi'一词意为射线，而'Os'在拉丁文之中有'骨骼'之意。因此，《Radi 0s》也可以理解为《失乐园》'骨骼'框架的'映射'。约翰逊对《失乐园》所做的创造性删节反映了当时文学流向变化的脉络。"⑧

　　纽约学派的第二代成员，后现代主义诗人大卫·夏皮罗（David Shapiro）模仿彼得·艾森曼（Peter Eisenman）的解构主义建筑实践创作了一系列诗歌。L=A=N=G=U=A=G=E 的诗人还采用了采样、挪用和拼贴的形式进行创作，他们与"垮掉的一代"作家威廉·巴勒斯、朋克歌手凯西·阿克和在 20 世纪 80 年代取得突破的嘻哈 DJs 们有着共同的艺术审美。同样，美国先锋作家罗伯特·库佛（Robert Coover）也用实验性的形式和技巧将现实和幻觉混合在一起，他的作品如《电梯》（The Elevator）、《保姆》（The Babysitter）、《魔法扑克》（The Magic Poker）都是对《符点与旋律》（Pricksongs and Descants，1969）的删减和擦除的产物。类似的例子还有约翰·巴斯（John Barth）的《迷失在欢乐屋》（Lost in The Funhouse，1969），以及美国的超现实主义作家史蒂夫·卡茨（Steve Katz）的《大夸张的彼得王子》（The Exagggerations of Peter Prince，1968），雷蒙德·费德曼（Raymond Federman，1928—2009）的《成双成对或一无所有》（Double or Nothing，1971）和《要就要不要拉倒》（Take It or Leave It，1976），罗纳德·苏克尼克的《出去》（Out，1973）和克莱伦斯·梅杰（Clarence Major）的《反射和骨骼解构》（Reflex and Bone Structure，1975），乔纳森·萨弗兰·福尔（Jonathan Safran Foer）的《密码树》（Tree of Codes，2010），布鲁诺·舒尔茨（Bruno Schulz，1892—1942）的《鳄鱼街》（The Street of Crocodiles，1934），等等。

很多时候，将一部小说置于后现代或后殖民地位的不是它本身的东西，而是它讨论文本的方式。如后殖民时代最杰出的小说家萨尔曼·拉什迪（Sir Salman Rushdie，1947— ）爵士的获奖作品《午夜的孩子》（Midnight's Children，1981），它"对独立后印度的史诗般的叙述，难以置信的叙述、荒诞的事件和非线性的形式鲜明地体现了后现代小说的特征。然而，后殖民主义的阅读可能会关注其互文性、对历史权威的解构、非线性的时间框架和语言创新，将其作为一种魔幻现实主义对殖民现实主义叙事的破坏和欧洲文化对印度次大陆的强加"⑨。

同样的例子还有 E.M. 福斯特（Edward Morgan Forster，1879—1970）的《印度之行》（A Passage to India，1924）。这部小说故事发生的地点印度当时是英国的殖民地，这就为小说蒙上了政治色彩，小说中对印度文化的描述带来了神秘主义——寻找无限与永恒。

《印度之行》把故事发生时间设定在 20 世纪初。英国人穆尔太太带着儿媳阿黛拉来印度看望儿子，她们在当地邂逅了阿济兹，阿济兹邀请她们参观玛拉巴山洞窟。不幸的是，她们在那里出事了。阿黛拉向警方控告阿济兹企图在岩洞里侮辱她，而当地人认为阿济兹是被冤枉的，为了捍卫民族尊严，他们全力以赴要打赢这场官司，英国殖民当局要重判阿济兹，给印度人一点颜色看看。然而，直到故事终了，小说一直没有说明玛拉巴山洞窟中究竟发生了什么事。

这本小说反映在 20 世纪初的印度，当地人和英国之间的冲突，这些冲突既有政治上的原因，又有文化上的原因。英国殖民当局的态度影射了英国殖民者对印度当地居民政治文化的掠夺和摧残。

类似的情况还有 20 世纪 60 年代兴起的苏格兰反主流文化。尤其是 80 年代，苏格兰公投失败，撒切尔主义给苏格兰经济带来致命打击，导致苏格兰民族意识空前高涨。这一运动的代表人物有亚历山大·特罗基（Alexander Trocchi，1925—1984）、穆丽尔·斯帕克（Muriel Spark，1918—2006）等人。阿拉斯代尔·格雷（Alasdair Gray，1934—2019）是苏格兰新潮小说的代表人物，《拉纳克》（Lanark，1981）和《可怜的东西》（Poor Things，1982）是两部魔幻现实主义的力作，《拉纳克》讲述了踌躇满志的格拉斯哥艺术家邓肯·索尔在阴阳两隔的世界里的生命历程。1984 年，格雷出版了著名的反撒切尔的小说《珍妮》（Jenny）。八年后，新一代作家伊恩·M. 班克斯出版的《乌鸦公路》（The Crow Road，1992）是当时最伟大的小说之一。不久之后，韦尔什（Irvine Welsh）的《猜火车》（Trainspotting，1993）就问世了，它是一部充满才华和巨大能量的、具有后现代美学特征的、改变游戏规则的著作。一年后，詹姆斯·凯尔曼（James Kelman，1946）的《这是多么晚，多么晚》（How Late It Was How Late，1994）也推了出来，他成为备受争议的布克奖得主。还有女性如艾格妮丝·欧文斯（Agnes Owens）的《西方的绅士》（Gentleman of the West，1984），艾玛·泰恩特（Emma Tennant）的《坏姐姐》（The Bad Sister，1978），詹尼斯·加洛韦（Janice Galloway）的《花招是保持呼吸》（The Trick Is to Keep Breathing，1989），A.L. 肯尼迪（A. L. Kennedy）的《因此我高兴》（So I Am Glad，1995）等。《因此我高兴》是一部充满魔幻现实主义色彩的小说，"把城市中的现在和文学中的过去有机地结合起来，用苏格兰式的幻想牢牢地吸引住读者"⑩。

苏格兰的第二次文艺复兴被许多人认为，具有与20世纪20年代的第一次文艺复兴同样强大的文化冲击力，它产生于复杂的政治和经济环境下，是在20世纪60年代和70年代北海油田的开发在民族主义者看来，这是流入英格兰和威斯敏斯特巨大的苏格兰经济资源。苏格兰文学被纳入一种普遍的后殖民主义动态中，试图从一种想象和高度单一的英国霸权文化的奴役中解放自己，在这种情况下，重新配置国家和民族身份的必要性导致了反文化的产生，尤其是在大众层面。

在多元并举的时代，对"历史"维度的重新思考也带来了历史题材小说和史学性叙事小说的复兴。加拿大文学理论家林达·哈琴提出了"历史编纂元小说"这一概念。这类小说有约翰·福尔斯（John Fowles，1926—2005）的《法国中尉的女人》（French Lieutenant's Woman，1969）、多克特罗（E. L. Doctorow，1931—2005）的《褴褛时代》（Ragtime，1975）、安伯托·艾柯（Umberto Eco，1932—2016）的《玫瑰之名》（The Name of Rose，1980）、托马斯（D. M. Thomas）的《白色旅馆》（The White Hotel，1981）、萨尔曼·鲁西迪的《午夜的孩子》（1981）、格雷厄姆·斯威夫特（Graham Swift）的《水乡》（Waterland，1983）、克里斯塔·沃尔夫（Christa Wolf，1929—2011）的《卡桑德拉》（Cassandra，1983）、朱利安·巴恩斯的《福楼拜的鹦鹉》（1984）、约翰·福尔斯的《蛆虫》（A Maggot，1985），彼得·阿克罗伊德（Peter Ackroyd）的《霍克斯莫尔：一本小说》（Hawksmoor: A Novel，1985），J.M.库切（J. M.Coetzee）的《敌人》（Foe，1986）、艾伦·摩尔（Alan Moore）的《守望者》（Watchmen，1986）、唐·德里洛（Don DeLillo）的《天秤座》（Libra，1986）、托尼·莫里森（Toni Morrison，1931—2019）的《宠儿》

（Beloved，1987）和珍妮特·温特森（Jeanette Winterson）的《樱桃的性别鉴定》（Sexing the Cherry，1989）。

"历史编纂元小说"又称"自反的历史小说"，哈琴强调了这类小说的三个特征：第一，这类小说是众所周知的流行小说；第二，这类小说需要具有鲜明的自我反映特征；第三，这类小说具有悖论性，既要宣称有历史事件，又要宣称有真实的人物。这一类小说有一个共同特征，就是"似乎在质疑是什么构成了一个社会（或个人）与历史的伦理和政治上有效的关系"⑪。

这些后现代主义小说将历史情节深度政治化，看起来更像元小说，但它们又不像"纯粹"的元小说，因为它们执着于历史的意义。这些小说以一种独特的、实验性的小说形式提出关于历史知识的问题，拒绝简单地将"真实的历史"和虚构的世界区分开来。它们常常用一种嘲讽、讽刺的口吻，似乎要攻击西方自由主义所珍视的一切，包括民主、现行的民法形式、个人主义和历史进步；塑造的人物更像漫画而不是现实主义的描述；以一种有时转向超现实风景的方式描绘历史时代和地点；它经常拥护基于性别、种族、民族和性的文化政治的社会正义主题，但似乎对西方文化的"元理论"持怀疑态度，这似乎将这些文本引向一种关于价值标准的哲学相对主义，特别是那些由宗教或法律等机构构建的标准⑫。

历史编纂元小说和 20 世纪历史哲学的转向具有密不可分的关系。黑格尔（Georg Wilhelm Friedrich Hegel，1770—1831）曾经提出一个"世界历史个人"的概念。这个概念的提出实际上就是将"历史"定义为一个"整体"，那么，历史叙事标的就是一种宏大叙事。伽达默尔指出："历史科学既不是目的论的，也不是用前浪漫主义或后浪漫主义启蒙运动的格式，从某种终极状态出发去思考世界史的关系……，对于历史科学来说，其实并不存在任何历史的终结和任何超出历史之外的东西。因此，对于世界史全部历程的理解只能从历史流传物本身才能获得。"⑬他提出了效果历史理论：我们认为历史研究对象是由历史实在决定的，然而，更确切地说，现实情况是研究者的生存状态，如研究的主题和兴趣决定了研究对象，同样起作用的还有研究的具体过程和最终目的。因此，对于历史流传物的客观认识是无法达到的。狄尔泰（Wilhelm Dilthey，1833—1911）认为，历史也同样是一种文本，和别的一般文本并无本质的区别，也不高于其他种类的叙述，这样一来"历史"也就解构了自身。琳达·哈琴认为，历史（甚至我们对现实本身的理解）被证明受制于政治和个人偏见，以及语言对思想和表达的限制。因此，我们认识历史的能力是有限的。这就赋予了后现代主义小说一块新天地。"历史编纂元小说"将后殖民主义和后现代主义小说的话题，和社会关注与晚期现代主义的形式实验主义结合在一起，采用了语言游戏、反讽、戏仿、互文性和多角度的叙事方式。它失去了对启蒙经验主义和宏观历史真理主张的大部分信仰，是历史形式的危机，是对历史浪漫主义题材的全面探索。

后现代主义文学作品的一个常见现象，是对消费文化和流行文化大规模利用。它反映了我们生活在一个充斥着消费品和服务的世界。当商业文化能指被纳入文本并去语境化和再语境化时，这些能指就被重新建构。小说本身作为流行文化产品被循环利用，称之为植入式广告的整个过程在威廉·吉布森（William Gibson）的科幻小说《模式识别》（Pattern Recognition，2003）中被戏剧化地细致呈现；唐·德里罗的《白噪音》（White Noise，1985）是一篇充斥品牌名称、电视信息和其他消费文化产物的文本；布莱特·伊斯顿·埃利斯（Bret Easton Ellis，1964）的《美国精神病人》（American Psycho，1991）亦是如此。

一些后现代文本借鉴了多种流行文化类型。如，罗伯特·库佛的故事循环《电影之夜》（A Night at the Movies，1987），它一个接一个地重新演绎了一系列好莱坞电影类型：西部片、闹剧、音乐剧、爱情片、卡通、连续剧、游记、短篇和即将上映的影片预告片。类似的例子还有库佛的《皮埃尔历险记》

（The Adventurers of Lucky Pierre，2002）、卡尔维诺（Italo Calvino，1923—1985）的《寒冬夜行人》（If on a Winter's Night a Traveler，1979）和大卫·米切尔的《云图》（2004）。

1960年，法国诗人、作家雷蒙·格诺（Raymond Queneau，1903—1976）和数学家弗朗索瓦·勒利奥内（François Le Lionnais，1901—1984）创立乌力波（Oulipo，Ouvroir de littérature potentielle 的缩写，意为"潜在文学工场"），围绕"限制"（constraints）和"程序"（procedure）的基本概念共同探讨存在于作品中再创造的潜在可能性，通过尝试新的文本结构来激发创造力。在20世纪70年代早期，"语言诗"运动出现，最初只是一种地下的边缘现象，但它被视为过去几十年里最重要、最具影响力的先锋诗歌运动。语言诗人们沉浸在德里达、福柯（Michel Foucault，1926—1984）、巴尔特和瓦尔特·本雅明（Walter Bendix Schoenflies Benjamin，1892—1940）的解构主义、马克思主义理论、女性主义和更广泛的后结构主义理论中，他们致力于将关于语言、再现、主观性、性别和资本主义的新理论思想带到诗歌创作中。语言诗人并没有把语言当作世界的一扇透明的窗户，而是对语言进行拼贴、碎片化、人为的限制，以将注意力集中于能指上，揭示语言的运作方式。在后现代主义的巅峰时期，Oulipo 和语言诗派对程序主义进行了探索，证明即使是最受约束的写作也能产生美丽、奇怪、颠覆性和不可预见的结果。

赛博朋克（Cyberpunk）文学运动于20世纪80年代开始发展起来，隶属于科幻文学的范畴，描述人工智能、信息技术等主题。代表人物有威廉·吉布森、布鲁斯·斯特林（Bruce Sterling、刘易斯·夏纳（Lewis Shiner、尼尔·斯蒂芬森（Neal Stephenson、帕特·卡迪根（Pat Cadigan）、鲁迪·拉克（Rudy Rucker）等。赛博朋克这个词来自"控制论"（cybernetics）和"朋克"（punk）这两个词，控制论主要指生物控制、信息技术等，朋克象征着一种反叛的精神，它是一种在年轻人中流行的亚文化。赛博朋克的情节通常以人工智能、黑客和巨型企业有关的冲突为主轴。场景倾向设在未来地球的一个反乌托邦。赛博朋克的风格主线，就是反映作为一个整体的人类高度发展的科技文明与作为单一个体的个人的脆弱和渺小的巨大反差，把过去和未来、外界和内在、肉体和机械、虚幻和现实等这些看似互相矛盾却又不可分割的东西交织在一起。

赛博朋克小说与后现代主义有着极强的匹配性。现代主义曾经试图为人类的世界赋予一种整体的意义，当他们失败后，后现代主义反其道而行之，转而接受了这个混沌、无序、破碎的世界，一边进行着探索，一边进行着戏仿。科幻小说充分发挥想象力，创造出一个个世界，如未来世界、小说角色"穿越"后所去的世界等。后现代理论家以科幻小说所创造的世界为参照，来探讨自己所处的当今后现代主义时代。赛博朋克小说中的虚拟想象为"后现代主义探讨空间、身体、后人类等话题提供了最契合的材料。反之，后现代主义又为赛博朋克小说的科技创想提供了人文内核"⑭。

如果说科幻小说作为一个整体越来越关注空间和权力结构的问题，那么赛博朋克则表达了这些担忧。赛博朋克关注的不是单个机器，而是信息网络和数字革命所产生的新的空间形式。威廉·吉布森创造了网络空间这个词，他的小说《神经漫游者》（Neuromancer，1984）描述了人在虚拟世界中的沉浸式体验。小说的主人公凯斯生活在计算机模拟的现实世界中，这对他来说比他的身体所居住的物理世界更重要。《神经漫游者》从容地处理了真实的消失：原始和拟像之间的区别根本不重要。无论是虚拟世界还是现实世界，都被同一个罪犯和政客网络所统治；两者都被构建成合法、准合法和非法领域的复杂迷宫；两者都涉及个人对权力结构的操纵，以及矩阵（无论是电子的还是社会的）对反抗者的反弹。

后现代主义的时间性取代了现代主义的线性逻辑，体现了空间和历史之间不可分割的联系。菲利普·迪克（Philip K.Dick，1928—1982）笔下是一个衰败的世界，是文明的没落，是科技的沦陷。他的小说频频被翻拍成电影，除了有名的科幻片电影《银翼杀手》，还有电影《少数派报告》（Minority Report，2002）、《全面回忆》（Total Recall，2012）、《记忆裂痕》（Paycheck，2003）、《强殖入侵》（Imposter，2001）等。

"赛博朋克的叙事空间是分形的。无论是物理世界、计算机模拟，还是角色的内心世界，行动和障碍的模式都是相同的"[15]。

《整垮铬萝米》（Burning Chrome，1982）是吉布森最著名的短篇小说。小说主人公博比是个黑客，他过得穷困潦倒，他和搭档杰克盯上了妓院老板铬萝米的银行账户，他们就在网络上对铬萝米的银行账户进行了入侵。在虚拟的空间里，他们没有躯体，却可以自如变换形式。他们把自己打扮成一个审计程序和三个传唤程序，快速地"渗入幢幢鬼影般的系统甬道"，而他们的身体在很远的一间堆满东西的阁楼上，于是，现实就被超现实所涵纳了，而个体身份被幽灵化。意识本身被上载到网络时，虚拟空间的身体成为集成电路上的编码文本，通过将设备接口连接到另一具身体上，就可以直接代入他人的视角和感受，自身的真实身体成了被遮蔽、闲置乃至作废的客体，被搁置于存在的真空里。高科技妓女瑞琪通过接收模拟的神经信号体验泰莉感受到的整个世界，她真实的身体被贩卖给会所，在屏蔽感知的情况下供人泄欲。和其他类文学不同的一点是：这种虚拟的空间为人们提供了超强的刺激体验和一个无限的平台，能够让意识自由流动。它可以帮助人们逃离现实物理世界的束缚，能够超越个人肉体的有限物质性。这些都是赛博空间具有强烈吸引力的原因。"然而，'去身体化的无线在场'（disembodied telepresence）使身体为矩阵的魅惑所倾轧，弱化了身体的存在真实与本体经验，灵肉分离的脱域状态加速了身体与主体之间的分裂，乃至复刻了柏拉图—笛卡尔式的二元思维对身体的贬抑倾向。"[16]

《整垮铬萝米》的叙述者在谈到他的黑客同事对女性的态度时，描述了这种策略，"我知道他对她们做了什么。他把她们变成了象征，变成了他的皮条客生活地图上的标志，变成了他可以在酒吧和霓虹灯的海洋中跟随的导航灯塔"。实际上，在虚拟世界中的所有人都被扁平化成了"地图上的符号"。心理碎片化和形象扁平化的赛博朋克和科幻小说人物代表了一种超越人文主义的融合新形式。

巴尔特认为，"写作的零度"是一种扁平、中性、透明的风格，是一种政治行为，其目的是消除作者的主体性，是为了传递历史，清除话语中积累的意识形态谬误的痕迹，重新找到语言原始状态的新鲜感。虚拟空间的平面居民是"零度角色"，没有个人的过去和未来。

20 世纪 70 年代中期，在纽约市中心的几个街区出现了嘻哈文化（Hip-hop），它既是后现代主义艺术运动的一个促成因素，也被视为后现代主义运动最辉煌和表面上最具辨识度的产物之一。嘻哈文化的基本元素如霹雳舞（breaking/break dancing）、涂鸦艺术（graffiti art）、说唱（rapping）/MC-ing（麦克风控制者，指说唱歌手或者主持人），以及 DJ-ing（打碟）或者"唱盘主义"都与审美选择和社会经济现实紧密联系在一起。嘻哈音乐在 80 年代爆发为流行文化，在国际上扩散，这是后现代主义主要阶段最具特色的现象之一。

嘻哈文化的每一个基本元素都产生了自己的主流叙事。它反映文化中特定元素的发展。嘻哈文化本质上代表着多元性、多样性和碎片化。亚当·曼斯巴赫（Adam Mansbach）的小说《愤怒归来》（Rage is Back，2013）表现了作者深厚的嘻哈文化经验。亚当·曼斯巴赫对真实涂鸦艺术家鲜为人知的世界的洞察是小说多层次叙事中最引人注目的一面。小说对 DJ 以及 MC-ing 或说唱小说的精彩叙述也给读者留下了深刻的印象。《愤怒归来》描写纽约地铁隧道里涂鸦艺术家们的生活，探索这座城市的底层，以及被称为"鼹鼠人"（Mole People）的无家可归的地下居民。

资本主义的全球化促进了 20 世纪 60 年代美国主要城市制造业的外包，

加上 70 年代城市规划决策与（最终）针对艺术和课外教育项目的财政削减，造成了一场完美的社会经济风暴。在这场风暴中，创新和物质的匮乏创造了一种公共环境，在这种环境中，来自不同民族、种族和地区背景的年轻人在文化的基本元素中找到了集体艺术慰藉：B-Boy（Breaking boy 的缩写，是指跳霹雳舞的男孩）、DJ-ing、喷涂画和说唱。嘻哈文化继承了某些方面的非裔美国人口头和民间文化、布道传统、蓝调、灵歌和非洲裔美国人的方言英语 AAVE（African American Vernacular English），通过这些传承，构建了一种以黑人英语方言（AAVE）为首要交际语言的独特文化。太多的嘻哈音乐制作人采样古典音乐、爵士乐（美国古典音乐）、百老汇戏剧和高雅艺术。嘻哈音乐在某些方面可能比后现代主义本身更后现代。

到了 1973 年左右，后现代主义达到顶峰，在这一年，托马斯·品钦（Thomas Pynchon）发表了《万有引力之虹》（Gravity's Rainbow），后现代主义一词开始得到认可和采用，从文学领域、建筑领域到文化的各个领域。从 70 年代末到 80 年代中期，利奥塔、詹明信、安德烈亚斯·惠森（Andreas Huyssen）等人的著作纷纷面世。那一年，美国公共广播公司在《美国家庭》（An American Family）中开播真人秀（reality TV），"超级小说"（megafiction）大行其道，出现了约翰·巴斯（John Barth，1930—）、罗伯特·库弗（Robert Coover）、萨缪尔·R. 德拉尼（Samuel R. Delany）、唐·德里罗、卡罗斯·弗恩特斯（Carlos Fuentes，1928—2012）、威廉·加迪斯（William Gaddis，1922—1998）、阿拉斯代尔·格雷（Alasdair Gray）、约瑟夫·麦克尔罗伊（Joseph McElroy）、萨尔曼·拉什迪（Salman Rushdie）、吉尔伯特·索伦蒂诺（Gilbert Sorrentino，1929—2006）等一批超级小说家。美国元小说家和超小说家不断壮大，语言诗派出现了；朋克和嘻哈亚文化也大行其道。

到了 1989 年，冷战时期终结，世界政治的变化必然反映在社会思潮和文学创作中，在这个新的愈加不确定的世界中，后现代主义慢慢落下了帷幕。

三、英美后现代主义文学概述

英国文学历史悠久，在后现代主义方面的发展不如法国和美国那么丰满。20 世纪 30 年代末期，英国的后现代主义文学开始出现，它并没有蓬勃发展起来，在四五十年代陷入了相对沉寂状态。六七十年代才涌现了大批的后现代主义作品。"从 70 年代下半叶开始至 90 年代，英国后现代主义文学的实验性却开始下滑，倾向于通俗化和兼收并蓄，同时出现'国际化'现象。"⑰

现实主义是英国文学最强大的基因，有很多作家进行文学实验。一个有名的例子就是 18 世纪劳伦斯·斯特恩（Laurence Sterne, 1713—1768）的《项迪传》（Tristram Shandy, 1759），被很多批评家认为是一部后现代主义的小说。到了 20 世纪 30 年代末，詹姆斯·乔伊斯（James Joyce，1882—1941）、奥布莱恩（Flann O'Brien, 1911—1966）和塞缪尔·贝克特（Samuel Beckett, 1906—1989）引领了实验文学的发展。乔伊斯的《为芬尼根守灵》（Finnegans Wake，1939）奥布莱恩的《双鸟嬉水》（At Swim-Two-Birds，1939）和贝克特的《莫菲》（Murphy，1938）先后出版，开启了后现代主义文学的新纪元。贝克特在 50 年代初发表的三部曲，即《马洛伊》（Molloy，1947）、《马龙之死》（Malone Dies，1951）和《无名氏》（The Unnamable，1952），沿着后现代主义方向继续前进。"二战"期间，英国忙于战争，战后又忙于重建，这些似乎都和后现代主义无关。战后出现的"愤怒的青年文学"具有强烈的现实主义风格。奥布莱恩在 1968 年出版的后现代主义小说《第三个警察》（The Third Policeman）却是写于 1939—1940 年。

六七十年代是英国文学实验性巅峰期，后现代主义提出了"篇篇怪"的口号（make it strange），如活页小说的出现；到了八九十年代，英国的后现代主义又成了"什么都行"（Anything goes），一切旧的文类都可以拿来用。马丁·埃米斯（Martin Amis）是英国成熟后现代主义的代表人物，他的后现代主义是一种"折中的"后现代主义：即具有英国性（Englishness）。在约翰·福尔斯、戴维·洛奇（David Lodge）、玛格丽特·德拉布尔（Margaret Drabble）、拜厄特（A. S. Byatt）和莱辛（Doris Lessing，1919—2013）的作品中也是如此，总能发现英国人的传统。

二战后，随着大量移民进入英国，英国文学出现了国际化趋势。虽然英国不是殖民国了，移民的后裔们却拾起了后殖民主义书写。代表人物是拉什迪，他在 1981 年发表了《午夜的孩子》。除了拉什迪，还有英籍日裔的作家石黑一雄（Kazuo Ishiguro），他于 1988 年发表了《长日留痕》（The Remains of the Day，1988）。小说中，主人公史蒂文斯是个管家，他对往事进行的回忆超越了个人层面，延伸到集体记忆和民族记忆的高度。史蒂文斯回忆了自己的一生，追寻自己的身份记忆、文化记忆、历史记忆。他为了自己的管家事业和心目中的"尊严"，抛弃了亲情和爱情，失去了人性，变得和机器人一样冷漠无情。他视他者为地狱，与亲人形同路人，与雇主关系扭曲，他的人生哲学表现出鲜明的存在主义特色。

当代英国作家中还有维·苏·奈保尔（Vidiadhar Surajprasad Naipaul，1932—2018）、菲莉帕·皮尔斯（Philippa Pearce，1920—2006）等。这些作家创作的小说对自己原文化家园的殖民地遗产提出了深深的质疑，也对英国的多元化社会提出了质疑和探索。

美国是二战最大的受益国，战后它成为资本主义世界的老大，在政治经济和文化上都显现出无与伦比的影响力。战后不到 10 年，美国就有三人获得诺贝尔文学奖。"垮掉的一代"粉墨登场，代表人物杰克·凯鲁亚克（Jack Kerouac，1922—1969）、巴勒斯和金斯伯格都是杰出的后现代主义作家。他们用自己的行为和作品对美国的反动统治阶级的倒行逆施，对中产阶级乏味保守的生活和麦卡锡主义进行了反抗和声讨。

他们的写作风格呈现着后现代主义的风格，凯鲁亚克的经典之作《在路上》（On the Road，1957）是一部著名的自动式写作作品，表达了垮掉式的反叛，暴露了宏大叙事的可笑。巴勒斯的名著《裸体午餐》（Naked Lunch，1959）使用了"切分技法"，这种写作手法类似于绘画中的拼贴，其手法大体类似于：先将文本写在纸上，然后把纸剪成碎片，再把这些碎片随机拼凑起来，组成不同的文本。"切分的结果，是文本'不能通往单一意义'，'因而阅读切分技法的过程含有碎片化，因为文本给碎片化了，阅读习惯也就给分裂了'，于是迫使读者选择：'要么力排艰难强行施加意义'，'要么调整阅读结构'，'把自己置于意义不断旋转的漩涡里。'"⑱

美国的 60 年代和欧洲的不同，有人把美国从 1954—1975 的 20 年间称为漫长的 60 年代。这是一个反文化运动的时代，这个时代动荡不安，各种反传统反社会的思想层出不穷。伴随这种动荡的是文学实验如火如荼。后现代主义作品风头一时无两。元小说风行天下，如巴勒斯的《软机器》（1961）、纳博科夫（Vladimir Vladimirovich Nabokov，1899—1977）的《微暗的火》（Pale Fire，1962）、巴塞尔姆的《回来吧，卡里加利博士》（Come Back，Dr. Caligari，1964）、布劳提根（Richard Brautigan，1935—1984）的《美国钓鲑记》（Trout Fishing in America，1967）、约翰·霍克斯（John Hawkes，1925—1998）的《第二层皮》（Second Skin，1964））、品钦的《拍品第 49 批》（1966）、巴思的《迷失在欢乐屋》（Lost in the Funhouse，1968）、冯尼格特（Kurt Vonnegut，1922—2007）的《第五号屠场》（Slaughterhouse Five，1969）、库弗的《环宇棒球协会》（The Universal Baseball Association，Inc. 1968）、苏肯尼克的《小说之死短篇小说集》（The Death of the Novel and Other Stories——Short Story Collection，1969）、费德曼的《加倍或一无所有》（1971）等。"60 年代的文学主题之一是新的、自我审视的超现实主义结果出现了小说'自我反射'（self-reflexiveness）的时代巴思提出的'枯竭的文学'，菲德勒提出的'新突变体'和'跨越界限'，桑塔格（Susan Sontag，1933—2004）提出的'新感受力'（New Sensibility），以及哈桑提出的'沉默的文学'，其共同之处是肯定实验性小说。"⑲

1975 年，美国步入经济萧条，政治上趋于保守，美国文学实验开始倾向于通俗化，严肃文学和通俗文学的界限越来越模糊，如加迪斯的《木匠的哥特式房子》（Carpenter's Gothic，1985）是一部具有哥特式风格的小说，冯尼格特的《蓝胡子》（Bluebeard，1987）是由童话故事改编而来，凯西·阿克（Kathy Acker，1948—1997）写的《远大前程》（Great Expectations，1982）和《堂吉诃德》（Don Quixote，1986）也是从经典改写来的。吉布森（William Gibson）的"蔓生都市三部曲"（Sprawl Trilogy）：《神经漫游者》（Neuromancer 1984）、《倒数归零》（Count Zero 1986）、《蒙娜·丽莎超速挡》（Mona Lisa Overdrive，1988）是科幻小说，保罗·奥斯特（Paul Auster，1947—）的《纽约三部曲》（The New York Trilogy）：《玻璃城》（City of Glass 1985）、《幽灵》（Ghosts 1986）、《锁闭的房间》（The Locked Room 1986）为侦探小说。到了 80 年代，阿克、吉布森等一些作家逐渐成为"第二代"后现代主义作家。这两代后现代主义作家之间有明显的区别：第一代对传统叙事提出了明确的质疑，传统叙事中经典的连贯与封闭的结构遭到了他们的无情批判；第二代后现代主义作家将格调、语境、读者的转换形式与创新结合起来，他们创作的小说看起来没什么新意，读起来却颇有新鲜感。

1989 年，贝克特死了，柏林墙倒了，苏联解体了，冷战至少在象征意义上结束了。老布什政府认为 1989 年标志着世界新秩序的开始。世界政治环境的改变带来文学趣味的改变，后现代主义慢慢冷却下来。2001 年，"9·11"恐怖袭击事件使美国政治、经济、社会、心理都发生了巨大的变化，很多的哲学家、社会学家和文化史家都认为，这次恐怖袭击事件终结了后现代主义。虽说后现代主义风光不再，但是它的文学方面的遗产却被后来的文学作家所继承、发展，运用于他们的文学实践中。

注 释

①特里·伊格尔顿.后现代主义的幻象 [M].华明，译.北京：商务印书馆，2014：1.

②艾布拉姆斯.《文学术语词典》（中英对照）第十版 [M].吴松江，等译.北京：北京大学出版社，2014：455.

③Brian McHale,Len Platt.The Cambridge History of Postmodern Literature [M]. Cambridge：Cambridge University Press，2016：77

④Guy Debord,The Society of the Spectacle,trans. Donald Nicholson-Smith（New York：Zone Books, 1995）.

⑤Jean Baudrillard，Symbolic Exchange and Death（Thousand Oaks，CA：SagePublications，1993），38-9.

⑥Brian McHale,Len Platt.The Cambridge History of Postmodern Literature [M]. Cambridge：Cambridge University Press, 2016：190.

⑦徐云祥.从波普艺术到后现代主义——情感的回归 [J].艺术研究 2016，03（31）

⑧刘京菁.权威的陨落：从《失乐园》到《Radi Os》[J].现代语文（学术综合版），2014（11）：52-54.

⑨Brian McHale,Len Platt.The Cambridge History of Postmodern Literature [M]. Cambridge：Cambridge University Press, 2016：264.

⑩Brian McHale,Len Platt.The Cambridge History of Postmodern Literature [M]. Cambridge：Cambridge University Press, 2016：293.

⑪ Brian McHale，Len Platt.The Cambridge History of Postmodern Literature [M]. Cambridge：Cambridge University Press, 2016：295.

⑫ Brian McHale,Len Platt.The Cambridge History of Postmodern Literature [M]. Cambridge：Cambridge University Press, 2016：359.

⑬汉斯 – 格奥尔格·伽达默尔 . 真理与方法：哲学诠释学的基本特征：上卷 [M]. 洪汉鼎，译 . 上海：上海译文出版社，1999：257.

⑭帅仪豪，王欣 . 赛博朋克小说文类研究 [J]. 当代外国文学，2022（1）.

⑮ Brian McHale,Len Platt.The Cambridge History of Postmodern Literature [M]. Cambridge：Cambridge University Press, 2016：359.

⑯伍文妍 . 博弈·异化·救赎:《全息玫瑰碎片》的后身体书写 [J]. 太原学院学报（社会科学版），2021（4）.

⑰汪筱玲，胡全生 . 论英国后现代主义文学的发展轨迹 [J]. 当代外国文学 2015（1）

⑱苏坤，胡全生历史进程中的美国后现代主义文学 [J]. 上海交通大学学报（哲学社会科学版）2017（3）

⑲苏坤，胡全生 . 历史进程中的美国后现代主义文学 [J]. 上海交通大学学报（哲学社会科学版）2017（3）。

第二章　后现代主义思想理论

后现代主义思想在 20 世纪六七十年代开始显露出峥嵘的头角，1960 年的"嬉皮士"运动和法国的"五月风暴"在社会上激起了巨大的声浪，背离和反叛一时风头无两。后现代主义理论首先在美国出现，随着哈桑和利奥塔等学者的共同努力，后现代主义思想传播到了欧洲并在 1980 年引起了激烈的争论。它们对整体性、同质性和同一性的否定、对中心结构的消解，以及对终极真理的抛弃，使它们和以往的思想理论判然有别。具体说来，后现代主义的各家又五花八门，包罗万象，很难做出一个清楚系统的概括和总结，而涉及后现代主义的思想家也是灿若群星，在此，我们只能努力去尝试着介绍一下英美的主要后现代主义思想理论和渊源。

一、伊哈布·哈桑（Ihab Hassan，1925—2015）

美国学者哈桑在 20 世纪文学批评史上有着卓越的地位，他是后现代主义理论的先驱。1967 年，哈桑在论文《归于沉寂的文学》中，提出在当代西方文学中，有一种"反文学"、"归于沉寂的文学"的文学现象。通过对"沉寂"的文学"毁灭与创造"性质的细致分析，揭示出后现代主义的内核，提出了一个后现代主义的核心概念——"不确定的内在性"（indetemanence）。"不确定的内在性"是"不确定性"（indeterminacy）与"内在性"（immanence）的组合。在哈桑看来，不确定性是后现代主义的根本特征之一，它渗透在我们的行动和思想中，具有解构一切的巨大力量。不确定性构成了当今世界的内在性。哈桑认为，模糊性（ambiguities）、断裂性（ruptures）和移置

（displacements）都是不确定。"不确定性内在性"是指心灵通过符号而概括自身不断增长的能力，是一种破旧立新的力量，具有"重构"力量。后来哈桑又把这种特征推至整个西方社会文化。

在对现代主义和后现代主义进行了详细深入的研究后，哈桑开列了一个著名的表格，从 33 个方面对现代主义和后现代主义做了一个直观的对比：

现代主义	后现代主义
浪漫主义 / 象征主义	虚构解决说 / 达达主义
形式（联系的，封闭的）	反形式（相互脱节的。开放的）
目的	游戏
预谋性	偶然性
等级序列	无序
控制 / 逻各斯	枯竭 / 静寂
艺术客体 / 完成的作品	过程 / 演示 / 发生着
距离	参与
创作 / 整体化	阻遏创作 / 结构解体
综合	对比
此在	缺失
围绕中心的	扩散的
体裁 / 疆界分明	文本 / 互设文本
语义	修辞
范式	系统性体系
附属结构	并列结构
隐喻	转喻

选择	组合
独根／深度	散须根／表面
阐释／阅读	反阐释／误读
所指	能指
叙述／宏观历史	反叙述／微观历史
总体代码	独特用语
征兆	欲望
类型	变体
偏执狂	精神分裂
本源／原因	差异－延宕／印痕
上帝、圣父	圣灵
形而上学	反讽
确定性	不确定性
超验性	内在性

1979 年，哈桑出版了《后现代状况》一书，把对后现代主义的讨论从美国扩展到了欧洲，吸引了利奥塔、哈贝马斯、鲍德里亚等一众学者的热烈参与。

哈桑使用了"破坏（unmaking）"来描述后现代主义的特征，它实际上表达了对整个西方文明的质疑。到了晚年，随着社会状况的变化，哈桑把后现代主义比作一个挥之不去的幽灵。这不禁让人想起 1993 年德里达发表的《马克思的幽灵》（Specters de Marx），这个幽灵"是一种非存在的存在、不可见的可见性、不在场的在场、不现实的现实性。"①。而列维纳斯笔下的"踪迹"和哈桑与德里达的"幽灵"又何其相似！列维纳斯认为上帝与人的关系是断裂的，但是又有相遇的可能。他援引《圣经·出埃及记》说，在何烈山上，上帝晓谕摩西到埃及去，以解救那里的以色列人。然而，在何烈山上，摩西只看到了燃烧但又没有烧毁的荆棘。上帝在西奈山上对摩西宣讲"十诫"，可是人们却没有直接看见上帝，上帝是"从火中、云中、幽暗中"晓谕的。

哈桑作为一位思想深邃的学者，深刻影响了同时代和后来的学者们。他认为，现代主义和后现代主义之间，既是连续的，又是断裂的。晚年，他提出了"超越批评"这一概念：放弃预设，使用个性化的书写，把批评当作一种"游戏"，按照其自身的准则和符码运行特点激发出心灵和批评的活力。

二、查尔斯·詹克斯（Charles Jencks，1939—2019）

查尔斯·詹克斯是美国当代极具影响力和代表性的艺术理论家、批评家和建筑家，他在当代的建筑界和文艺界有着卓越的声望。詹克斯于1939年出生于美国的巴尔的摩，毕业于哈佛大学。他在20世纪70年代首先把后现代主义引入建筑领域，提出并阐释了后现代主义建筑的概念。他的主要著作有《后现代建筑语言》（The Language of Post-modern Architecture，1977），《后现代主义》（Post Modernism），《今日建筑》（Architecture Today），《现代主义的临界点——后现代主义向何处去》（Critical Modernism---where is postmodernism going? 2011），《宇宙猜想花园》（The Garden of Cosmic Speculation，2003），《当代建筑的理论与宣言》（Theories and Manifestoes of Contemporary Architecture，2006）。受到哈桑对现代主义和后现代主义对比分析的影响，詹克斯1977年在他的《后现代建筑语言》里提出了"现代主义死亡"的论断。

詹克斯的后现代思想深受欧洲思想家的影响。20世纪七八十年代，欧美思想界出现了现代主义和后现代主义论争，其中法国思想家弗朗索瓦·利奥塔（Jean Francois Lyotard，1924—1998）和德国思想家于尔根·哈贝马斯（Jürgen Habermas，1929—）的论争最具有代表性。利奥塔把知识分为两种：叙事知识和科学知识。他认为，现代是对元叙事的信仰，元叙事是指能够为科学立法的哲学话语。"科学知识虽然作为指示性陈述，但它并不是对客观世界的一种正确反映，它有自身的游戏规则。这些游戏规则是约定俗成的。"③，它并不科学，或者至少含有不科学的因素，科学知识因而也就落到了和叙事知识的同等地位。科学知识是一种话语，因此，"语言游戏"概念也适用于科学。后工业时期，知识逐渐变成了商品。于是，利奥塔提出了所谓知识合法化危机问题，即元叙事的解体。他攻击诸如基督教叙事、启蒙叙事、马克思主义叙事、资本主义叙事、思辨叙事等各种"宏大叙事"，拒绝总体性与"共识"，拥护异质性、多元性话语和微观叙事。宏大叙事解体后，各种微观叙事成了知识成立的依据。知识标准自然是异质的。他认为歧异是保证社会公正的首要原则。哈贝马斯看来，现代性依然是一项未竟的事业，我们不应该是去消解和遗弃，而是站在新时代去进行重构，必须重建公共领域，利用交往理论实现范式转换有助于从公共性（主要体现为主体性）向主体间性的过渡，经过理性的讨论达成共识，重构现代主义，舍此之外别无他法。公共文化的交流制度要建立在良性互动的基础上。利奥塔认为："共识是科学论述中的一种特殊情况，而不是科学论述的目的。正相反，科学的目的是得到错误推理（ paralogy ）"④。这场论战给詹克斯带来了深刻的影响，他赞成哈贝马斯的观点，认为后现代主义是发生在现代主义后，是对现代主义的超越，它高于现代主义。

　　詹克斯的理论思想按照时间的先后可以归纳为三个阶段：现代主义的死亡阶段，双重编码反讽（ dual coding irony ），内容交叉编码（ content cross code ）。所谓双重编码，是指现代技术和其他种类东西（如建筑）的结合，这种新的结合体就可以与大众或相关的专业人士进行一种交流和对话。就建筑来说，由于现代建筑失去了和城市以及历史的有效联系，陷入了困境。詹克斯说："一座具有专业性根基同时又大众化的建筑，它同时基于老形式和新技术。双重编码的意思就是精英与大众、和解与颠覆、新与旧。也正是因为这些被夸大了的对立面说明了为什么后现代建筑总是具有反讽的意味。反讽就好比戏仿，同时可以表述两种截然不同的事情。"⑤

所谓交叉编码，詹克斯的解释是："就一般意义而言，后现代运动对内容有着密切的关注，包括从直接叙述到历史性小说的各种情况。在艺术中主题也是第一兴趣，而且它可能经由混合各种可能的编码而获得叠加的多个层次，如同在建筑中一样。后现代艺术内容是交叉编码的。"⑥

詹克斯在后现代主义领域里，在建筑上的卓越成就给世界带来了巨大的影响，英国皇家建筑师学会于2003年设立了查尔斯詹克斯奖（RIBA Charles Jencks Award），表彰奖励个人对建筑理论和实践上的贡献。

三、弗雷德雷克·詹明信（Frederic Jameson，1934—）

詹明信是美国当代著名的学者，他在后现代主义理论和马克思主义文论上成绩卓著。1984年他发表专论《后现代主义，或后期资本主义的文化逻辑》（Postmodernism, Or, the Cultural Logic of Late Capitalism），提出了经典的"后现代主义是晚期资本主义的文化逻辑"的理论。他根据比利时经济学家曼德尔对资本主义三个阶段的划分，将现实主义、现代主义、后现代主义分别看作市场资本主义、垄断资本主义和跨国资本主义这三阶段在主导文化上相应的表现。詹明信认为，现代主义具有二分法的"深层模式"，即关于本质与现象；深层和表层；能指和所指；内在和外在等，现代主义对所有深层模式都持激烈的批判态度。

詹明信认为在后现代社会中，文化开始起着主导作用，大众文化的盛行是后现代主义社会的根本特征，传统高雅文化和大众文化的区别消失了。"在后现代主义中，由于广告、形象文化、无意识，以及美学领域完全渗透了资本和资本的逻辑，商品化的形式在文化、艺术、无意识等领域无所不在，正是在这一意义上我们处在一个新的历史阶段"⑦。

在詹明信看来，后现代主义与大众文化具有同质性和互文性，后现代主义在瓦解了精英文化和大众文化的二元对立后使大众文化成为主流文化，大众文化呈现出平面化、碎片化、历史感消失和审美通俗化，也消解了主体。由此，詹明信提出了"拼贴"（collage）的概念。"拼贴"是中性的、空洞的模仿，不像"戏仿"（parody）那样有着深藏的动机和讽刺的力量，是"一个瞎眼的雕像"。后现代社会是一个由传媒打造的幻象社会，在这个由视觉符号文化制造的虚拟世界里，深度感和距离感消失了，模拟与真实的距离也消失了，大众文化只能通过拼凑与复制来表现自身。艺术也商业化了，它将历史的碎片进行拼贴，通过对人们怀旧心理的利用，实现了对真正历史的替代。思想和艺术为市场而创作，传统上那些创造和探索人类精神价值文学家、艺术家和思想家们摇身一变，成了兜售文化产品的生意人。

詹明信认为，"随着后现代的来临，文化的含义发生了变化，文化的疆界被大大拓展，文化不仅是一种知识，而且变成了人们的全部生活方式"[⑧]。

詹明信对总体性的捍卫令人印象深刻，他认为，对知识总体观的坚持正是马克思主义强大力量的源泉。詹明信建立了自己的后现代理论，他批判后结构主义混淆了不同层次的抽象，错误地将思想当成事物，将模式当成本身。如果用马克思主义总体观进行解读，就可以很明显地看出其谬误，因为经济基础对上层建筑依然具有强大的决定性作用。詹明信在研究了符号理论后指出：语言将随着资本主义的物化程度而变得更加抽象，外在的包袱物将会被最终舍弃，从而语言变成了自我指涉，结果符号成了漂浮的能指。这就让人联想到雅克·拉康对索绪尔观点的改造，他认为，所指是不存在的，以言词方式来表达的东西，包括诸如希望、欲求、意象等无意识的元素都构成了能指，而这些能指又连成一个"能指链"，能指链永远在滑动、漂移、循环，永远处于（德里达意义上的）游戏之中。

詹明信坚持经济基础决定上层建筑的观点，将后现代主义看成是资本主

义发展阶段性的文化现象，虽然社会的断裂是实实在在存在的现象，但是，恢复和重建历史感的期望却依然是学者们应该坚持的信念

四、大卫·哈维（David Harvey，又译为戴维·哈维，1935—）

大卫·哈维是英国著名学者，是当今世界最重要的马克思主义思想家之一，1935年出生于英国肯特郡，他是地理学中实证主义的代表人物。而1973年出版的《社会公正与城市》（Social Justice and the City），产生的影响超越了人文地理学界，他还出版了《资本的限度》（The Limits to Capital，1982）、《资本的城市化》（The Urbanization of Capital，1985）与《意识与城市经验》（Consciousness and The Urban Experience，1985），《后现代性的条件》（The Condition of Postmodernity，1989）。《后现代性的条件》对后现代社会秩序与非秩序性做了非凡的分析。他认为，后现代主义城市倾向于个性化的美学追求，而对现代主义的理性规划采取一种反对的态度，不同于以往对空间概念的理解，他把空间理解为一种美学范畴。哈维把马克思理论看成当代资本主义条件下空间生产研究的元理论，要正确理解资本主义空间生产的过程，只有从资本积累的动力机制出发。因此，马克思对资本主义生产方式的分析本质上是一种空间分析，它揭示了资本是一种过程、一种构造。一方面，在当今社会，异化成为一种普遍的状态，新自由主义的主张使所有个体的人被资本的洪流裹挟，既无力思考自身的处境，也无力改变自己的状态，丧失了对于自身工作时间和闲暇时间的掌控，这种时间的异化推动着整个社会的节奏和空间变革不断加快。时间异化本质上代表了资本对人民大众的剥削和奴役。当前的资本主义社会是一个表面信号、符号和表象的拜物世界，商品越多，淘汰速度越快，个体对它的依赖就越深，异化程度也就越深。

另一方面，资本主义社会还有意地创造了一种假象：工人们的劳动时间

缩短了，而闲暇时间似乎越来越多。实际上，由于工人被分成了若干不同层级，不同层级的工人付出的劳动时间也就各不相同，从总体上看，并不是工人们的劳动时间缩短了，而是不平衡化了。工人们的闲暇时间也并没有被资本家引导着去进行工人自身的进步和完善，而是被隐蔽地异化了，具体表现在家用工具的复杂化，更多工具的使用和维修反而占用了大量的闲暇时间；资本家有意识地通过产品的更新换代，并通过广告和营销等手段培养劳动大众报废旧机器，购买新机器的消费习惯。

他在《希望的空间》（Spaces of Hope，2000）中进一步指出：由于当今生活节奏的空前加快和生活内容的空虚荒诞，时间与空间被高度"压缩"，时空压缩是指"资本主义的历史具有在生活步伐方面加速的特征，又克服了空间上的各种障碍，以至世界有时显得是内在地朝着我们崩溃了"⑨后现代性实际上是一种新的对时间与空间的经验方式。如迪斯尼乐园、郊外封闭小区等给人们提供了一个从容闲适的空间，生活其中，人们貌似可以在一定程度上与令人压抑的外部的"真实世界"进行分割，这个封闭的世界成了一种"变质的乌托邦"（degenerate utopias）。"技术的日新月异、资本主义对于空间扩张的空前热情，推动了时间的加速和空间一体化的进程。公共空间日益得到重视，私人空间之间的距离被拉近，这使得作为个体的人陷于一种不确定的焦虑状态，这种不确定体现为统一和差异之间的分裂。"⑩

哈维主张放弃全球化的概念而代之以时空压缩概念。资本世界的空间缺乏连贯性，因此，通过资本不断地超越其阻碍以规避时间上的惩罚，从而人为地创造出了一种连贯性。地区发展的不平衡性也是资本主义有意为之的，通过地区发展的不平衡，资本得以分散，矛盾得到缓解，从而盈利得到持续的保证，最终将所有人和物都卷入了资本的流通过程。因此，时空压缩的过程就是大众被迫或积极主动地改变我们自身存在方式的过程，绝对空间被打破了，全球性的相对空间建立了起来，时间异化实际反映了一种不平衡的奴役关系。

五、迈克·费瑟斯通（Mike Featherstone，1946— ）

迈克·费瑟斯通是英国伦敦大学教授，也是极有影响力的后现代主义文化学者。他的主要代表作有《全球性文化》（Global Culture，1990）、《消费文化与后现代主义》（Consumer Cultural and Postmodernism，1991）、《身体：社会进程和文化理论》（The Body: Social Process and Cultural Theory，1991）、《消解文化——全球化、后现代主义与认同》（Undoing Culture--Globalization and Postmodernism Identify，1995）（Global Modernties，1995）《全球现代性》《赛博空间、赛博身体、赛博朋克》（Cyberspace Cyberbodies Cberpunk，1995）、（Images of Ageing，1995）《老龄化的图景》、（Spaces of Culture，1999）《文化空间》、《汽车文化》（Automobilities，2005）等。其中，关于消费文化的论述多有精彩独到之处，构建了他独特的能动阐述等。费瑟斯通博学多知，他的理论体系博大精深，他把美学研究、社会学研究和文化研究等融为一体，交织了人类学、社会学、哲学、美学等不同学科，在后现代主义文化研究领域，做出了有别于其他后现代主义学者的精彩阐述。

费瑟斯通认为，大众在消费时并不像法兰克福学派对于大众的界定有失偏颇，他们在文化上并非痴愚，而是一个理性的主体，消费也并不是完全被控制的文化工业的产物。后现代主义社会的消费是以符号和象征为主要特点的，这是很多学者都赞成的。消费文化消解了宗教和世俗、大众文化与高雅文化的界限，使后现代主义社会趋于同质化，以消费作为自己的人生目的中产阶层，热衷于追求只属于自己的单一消费产品，结果社会中的相对矛盾被激化。在当代社会，随着符号生产和日常实践活动的重新组织和日益复杂化，传统的大众文化日益瓦解失序，以消费者的消费需求和心理满足为特点的消费文化现象，重新建构了人们的观念及大众文化，形成了消费主义语境下的全新文化范式。

费瑟斯通说，消费文化在后现代主义社会中具有中心地位，马克思主义关于经济基础决定上层建筑的理论表明，伴随着经济的发展，文化的产生和变迁也就在时时刻刻发生着。文化商品还可以呈现沟通者身份，于是，人们受控于消费，消费主宰了大众的生活内容，消费的本质成为一种对符号系统化操控的活动。

费瑟斯通不认可"后现代主义"是对"现代性"的反叛，而是对"现代性"的批判与超越，通过对主体性和理性的批判，而使人的自由在审美中实现。费瑟斯通的消费文化理论继承发展了卢卡契、鲍德里亚、阿多诺、霍克海姆等人的理论观点。

费瑟斯通提出了许多著名的概念，如"日常生活审美化"和"新型媒介人"等被广泛引用。他认为，在后现代社会，新兴的媒体和媒体人是消费社会里各种因素联系的纽带，新兴的媒体人成了一个重要的阶层。商业广告在人们的日常生活中起着巨大的影响作用，在消费社会的日常生活中，广告无处不在，广告里所使用的隐喻方式引导着人们用一种全新的方式去理解产品，理解生活，广告符码也因此成为有效的控制手段，其实这代表了后现代社会中文化、政治、经济的重新整合。因此，广告是文化权力的延伸。费瑟斯通指出，"广告就是能把罗曼蒂克、珍奇异宝、欲望、美、成功、共同体、科学进步与舒适生活等等各种意象附着在肥皂、洗衣机、酒精饮品等各种平庸的消费品之上。"[11] 广告不仅刺激了商品的销售，还在社会中生产出了区隔的符号和梦想。

法兰克福学派认为，大众的生活方式和消费完全被操纵，费瑟斯通对此进行了反驳，提出神圣性没有在消费文化中消失的观点，尽管人们的生活方式在当今社会消费中出现了改变，但是人类对信仰的追求和对终极价值的求索是不会改变的。

后现代主义，作为一个时代主要的思想和审美运动，仍然是众说纷纭的，对于这个或那个思想家或作家或艺术家，究竟是现代主义的还是后现代主义的，依然有争议。笼统地说，后现代主义的特征似乎也很明显——断裂感、人类的脆弱感、对他者的关注、对政治和学术权威的复杂态度、强烈的反极权主义的精神，都是对当时世界各地种族灭绝事件的反应。

诺贝尔奖得主威廉·戈尔丁（William Golding，1911—1993）的《蝇王》（Lord of the Flies，1954）显然是对集中营恐怖的一种回应。戈尔丁曾说，开始的时候，他和许多人一样，相信社会和人的不断完美，但后来却发现一个人对另一个人的侵害可以没有底线。在极权主义的国家里，那些年复一年不断发生的丑恶行径更是难以言表。法国著名哲学家伊曼努尔·列维纳斯也见证了西方世界在二十世纪所表现出的最令人发指的暴力，他在自己的著作中深刻反思了这些以奥斯威辛大屠杀作为顶峰的历史暴力。他说，"他者是我唯一希望杀死的存在"⑫。除非他者被承认为他者，否则就不会有谋杀他者的欲望。于是他发现反犹太主义的结构是一个更大结构的版本，简单来说就是：对他人的仇恨。相对于这种同一而言，他者便具有了一种外在性。

尽管后现代主义理论家观点不尽一致，但是，总体而言，后现代主义的基本特征，主要表现在对本质主义和基础主义的否定，以及对深层模式的消解。传统的哲学相信意义、真理，现代主义的理论认为，人们的生活甚至历史是平庸肤浅的，是平面化的，不存在什么深奥的真理，他们不断进行抨击，既然没有什么深奥的思想，他们就转而抨击表述。

后现代主义否定自我，也否定了人的主体性。尼采说"上帝死了"，人就成为主体，这是现代主义的表述；而福柯提出"人死了"是指人的主体性的丧失，既然主体已经丧失，人也就丧失了对自我的认同，权威和法则也随之失去了存在的基础。后现代主义消解了现代主义赖以安身立命的主体观念，世界不再有人与物的关系，只有物与物的关系，人变成了非人或非我。后工业社会将文化变成商品，进行批量生产，大众则随波逐流，乐此不疲。后现代主义对差异性和不确定性的追求消解了中心主义，文本只是语言嬉戏的场所，现代主义追求的永恒和深度模式所带来的焦虑已经被新时代的风吹散。于是，后现代主义就表现出了如下基本特征："元叙事"的坍塌、中心与边缘的消解、传统的历史感和深度被抹平，众声喧哗成为后现代文化逻辑的典型标志。

注 释

①卢文忠.德里达幽灵学的文化批判——对《马克思的幽灵》的解读与辨析 [J]. 天中学刊，2017（1）

②杨生平.后现代主义哲学论 [M]. 北京：中国人民大学出版社，2020：127.

③ Lyotard,The Postmodern Condition: A Report on Knowledge,ed., And trans. Feoff Bnnington and Brian Maussumi（Minneapolis: University of Minnesota Press,1984）,1.

④查尔斯·詹克思,《现代主义的临界点——后现代主义向何处去》(丁宁，许春阳，译)[M]. 北京 : 北京大学出版社，2011:76.

⑤ James Quinlan,Review: The Politics of Postmodenism by Linda Hutcheon The FrenchReview. Vol. 66,No.4（Mar.， 1993）, pp.677−678

⑥詹明信.后现代主义文化理论 [M]. 唐小兵译.2 版.北京：北京大学出版社，2005：145.

⑦杨生平.后现代主义哲学论 [M]. 北京：中国人民大学出版社，2020：244..

⑧戴维·哈维.《后现代的状况 》[M]. 阎嘉，译.北京：商务印书馆，2013: 300。

⑨姜华，孙忠良.大卫·哈维的时间异化批判理论研究 [J].求是学刊，2022（11）.

⑩ Featherstone M. Consumer Culture and Postmodernism. Sage publications

Ltd: Second dition. 007:14 .

⑪ William Golding,The Hot Gates and Other Occasional Pieces（London: Harvest/HBJ,1965）,86−7.

⑫ Emmanuel Levinas,Totality and Infinity,trans. Alphonso Lingis（London: Kluwer Academic Publishers,1991）,198.

第三章　后现代主义诗歌

后现代主义思想是孕育后现代主义诗歌的温床，各种风格的后现代主义诗歌千姿百态。"作为一个诗歌流派，后现代主义诗歌显然缺乏明确的纲领、严密的体系、具有相同或相近的创作倾向和好恶的诗人群体，甚至那些被认为是最典型的后现代诗人，他们也并不承认自己的创作属于后现代"①。然而，从文化上看，"元话语"的失势，中心性、同一性和深度感的消失，却是后现代主义诗歌所共同的哲学背景。后现代主义诗人们抛弃了现代主义诗歌巨匠 T·S·艾略特（T.S. Eliot，1888—1965）倡导的"非个人化"理论和叶芝的"面具"理论，他们的诗歌呈现出平面化、碎片化和非逻辑化的倾向，喜欢用"拼贴"和"复制"的形式进行创作，经常带有明显的即时式、表演式写作的风格特点。他们进行着语言游戏与语言实验，消解高级话语的严肃性和权力规则。后现代诗歌在观念上反对崇高和智性，拒斥传统文化艺术主张艺术的民主化，提倡自由创造精神。

一、英国后现代主义诗歌

战后的英国出现了诗歌文学的繁荣，各种派别相继出现：如新浪漫派，利物浦派，集团派，超现实主义，极微派，表现主义，贝尔法斯特派，苏格兰派，运动派，后现代派，火星派等。著名的诗人一时灿若群星，如：谢默斯·希尼（Seamus Heaney）、德里克·马洪（Derek Mahon）、迈克尔·朗利（Michael Longley）、道格拉斯·邓恩（Douglas Dunn）、托尼·哈里森（Tony Harrison）、彼得·波特（Peter Porter）、彼得·雷德格洛夫（Peter Redgrove）、乔治·麦克白斯（George MacBeth）、伊恩·汉密尔顿（Ian Hamilton）、雨果·威廉姆斯（Hugo Williams）、戴维·哈森特（David Harsent）、克里斯托弗·米德尔顿（Christopher Middleton）、罗伊·费舍尔（Roy Fisher）、J.H.普林（J.H. Prynne）、安妮·史蒂文森（Anne Stevenson）、卡罗尔·鲁门斯（Carol Rumens）、詹姆斯·芬顿（James Fenton）、杰弗里·温莱特（Jeffrey Wainwright）、肯·史密斯（Ken Smith）、安德鲁·牟星（Andrew Motion）、彼得·雷丁（Peter Reading）和布莱克·莫里森（Blake Morrison），等人。还有黑人诗人如大卫·达比迪恩（David Dabydeen）和弗雷德·达格韦尔（Fres D'Aiuar）和加勒比的流散文学。这里面最具有后现代主义风格的要数"火星派（Martian School）"，其代表人物是克雷格·雷恩（Craig Raine，1944—）和克里斯托弗·里德（Christopher Reid，1949—）。"火星派"这一名称来自雷恩的诗篇《一个火星人寄一张明信片回家》（A Martian Sends A Postcard Home）。"火星派"认为，艺术是我们重新认识周围世界的有力工具，合理艺术手法的运用能够使人们赋予原本非常熟悉的世界以一个陌生化的效果，显露出新的意义来。但是，"火星派"诗歌依赖于奇特的比喻和新颖的视角，制约了诗歌的题材。

一个火星人寄一张明信片回家

克雷格·雷恩

卡克斯顿活字是机械鸟，生着许多翅膀

有些受到珍爱，因为它们的所指——

它们令眼睛溶化

或是人体尖叫，毫无痛苦。

我从未见过哪一只飞翔，但

有时它们栖落到手上。

雾是当天空倦于飞翔

将早已柔软的机器放到地上；

世界于是一片昏暗，散发着书卷味

像彩纸下的版画。

于是当世界就是电视

它有将颜色变深的特性。

T 型号（福特车型）诗歌里头有锁的房间

转动一把钥匙来释放这个世界

让它运动，这么快，有胶卷

拍下任何错过的东西。

但时间系在手腕上

或是存于盒子里，不耐烦地滴答作响。

好多人家里，幽灵出没的仪器安睡

你拾起它时，它便鼾声阵阵。

如果幽灵吼叫，他们就把它

放到唇边，哄它入眠

一声一声。可是，他们还是有意

把它弄醒，用一个指头搔它。

只有年轻人才允许公开

受罪。年高者去一间惩罚室

带着水，但什么吃的也没有

他们锁起门，独自忍受

噪声，无人能免于此

每个人的痛味都有不同的味道。

晚上，当所有颜色死去，

他们一对对躲起来

阅读他们——

彩色，眼睛合拢

　　这首诗歌写的是火星人在地球的所见所感。在火星人看来，地球人已经完全被机械所控制，人们的日常生活被物化。因此，"人们承受着来自科技和精神的双重异化。现代世界的许多因素导致我们远离现实和真相，在一个机械化的世界里，人们的生活变得荒诞怪异和痛苦"②。诗人采用"陌生化"（defamilarization）的手法或新的"亲切"（tenderness）的技巧描写日常生活，将寻常的事物变得不同寻常，引导读者以一种全新的方式重新审视世界，如：

卡克斯顿全名是威廉·卡克斯顿，他是英国第一个印刷商，卡克斯顿活字和"长着许多翅膀的机械鸟"在此比喻"书本"，这是陌生化效果的运用。在火星人的眼中，当今人类世界是一个非自然的世界，它是一个机械化的世界。诗中的句子"令眼睛融化"是形容读书流泪了，而"人体尖叫毫无痛苦"是指读书笑了。雾也成了机器："雾是当天空倦于飞翔 / 将早已柔软的机器放到地上"，雨也被比喻成"大地所变的电视"，"它有将颜色变深的特性"。

在火星人的眼中，汽车是模型 T，暗指 1908 年福特汽车公司生产出世界上第一辆属于普通百姓的汽车——T 型车。"系在手腕上"指的是戴在手腕上的手表，"存在盒子里"是指闹钟，它们都"不耐烦地滴答作响"暗示了现代人快节奏的生活。

"闹鬼的装置"比喻电话。它可以"拾起时齁声阵阵"；它还会发脾气，然后人们"就把它放到唇边，哄它入眠"。电话取代了人们面对面的交流，人们的生活被它绑架，既像幽灵难以摆脱，又像婴儿受到人们的宠爱。因此，人际交往变得机械化。

"惩罚室，带着水，但什么吃的也没有"，火星人把卫生间比作监狱。显然是诗人采用了陌生化的技巧。生活的痛苦不可避免，就和上厕所一样，无法逃避，只是个人的痛苦都不一样。这里暗示了当代资本主义社会的异化，造成人们精神上的痛苦延伸到整个社会，所有人都是受害者。于是最后人们"成双成对地躲起来"，这里指的是夜晚睡前本应该是夫妻交流的时间，但是他们却"眼睛合拢"，互不关心。这说明在当今社会，孤独成了社会的一种疾病，夫妻之间都不能幸免。

"诗人选取现代生活中司空见惯的且具有代表性的事物，如书籍、电视、汽车、钟表、电话、卫生间等，以新奇的隐喻将其陌生化，阐释自然和人为的种种现象。诗人选取的事物、人类活动或意象本身之间并不存在必然的逻辑联系，他们更像一些'碎片'或'片段'，被诗人强力地并置、拼凑或捆绑在一起，为自己的目的服务。诗歌改变了传统的线性结构形式，形象地反映了现代世界的'碎片化'或'片段化'。③"

里德诗风活泼，他在诗中这样描写一个中产阶级家庭后花园里休闲的情景：

欢迎来我们的和平王国，
婴儿躺在虎皮毯上

大黄蜂盘旋，像小狗在毛地黄的钟状花冠里
这是沙发，用链子

挂在一张俗丽的遮阳篷上。
在缎带图案的帆布椅里两个小脏水潭晒着太阳

杜阿尼耶、卢梭用不着去旅行画他的乐园丛林。
他的一只老虎，被一场雷阵雨惊吓，挥舞着尾巴像一根松弛的晨衣带子：

这首诗描写了一个舒适慵懒的环境，诗人把象征中产阶级富裕和奢侈的后花园比作了杜阿尼耶和卢梭所寻求的原始森林，从而产生了非常新颖的效果。

里德其余的诗歌还有《阿卡迪亚》（Arcadia1979）、《豌豆汤》（Pea Soup，1982）、《凯特琳娜·布拉克》（Katerina Brac1985），《嘴巴先生》Mr Mouth（2006）和《六个差劲的诗人》（Six Bad Poets2013），等。

二、美国后现代主义诗歌

美国后现代主义诗歌发展得非常充分，反映了当时美国的社会问题和人们所经历的痛苦与思索。美国主要的后现代诗派有"垮掉派、旧金山派、黑山诗派、自白诗派、语言诗派"等。

三、"垮掉派"（the Beat generation）和"旧金山"派（The San Francisco School）诗歌

Beat 一词本来是指"爵士音乐的节拍和宗教境界"，凯鲁亚克借用这个词来形容那些"彻底垮掉而又满怀信心的流浪汉和无业游民"。"垮掉的一代"泛指 20 世纪 50 年代美国"麦卡锡时代"结束以后，发源于旧金山的一个文学流派，他们用极端的方式表达对传统价值观和令人窒息时代的激烈反叛。1955 年 10 月 13 日晚，在"垮掉派教父"肯尼斯·雷克斯罗斯（Kenneth Rexroth，1905—1982）的主持下，迈克尔·麦克卢尔（Michael McClure，1932—2020）、艾伦·金斯伯格、加里·斯奈德（Gary Snyder，1930— ）、杰克·凯鲁亚克（Jack Kerouac，1922—1969）、劳伦斯·费林赫迪（Lawrence Ferlinghetti，1919—2021）等在旧金山的一所美术陈列馆举行了朗诵会。诗人轮流朗诵诗歌。那天，金斯伯格喝了酒，他借助酒力朗诵《嚎叫》第一部分，这时，朗诵会达到高潮。诗人们的朗诵拉开了美国后现代诗歌的序幕，金斯伯格（Allen Ginsberg，也译作金斯堡，1926—1997）是"垮掉派"诗歌的灵魂人物，他的《嚎叫》（Howl，1956）宣告了新一代的来临，标志着"垮掉的一代"文学运动的正式形成。

这首诗描写的是美国"垮掉的一代"放浪形骸的生活，他们酗酒、吸毒、纵欲、以扭曲的行为表达了他们对社会对自己的绝望与反抗。诗歌以极度张扬的方式抒发自我。金斯伯格吸收了布莱克，惠特曼，威廉·卡洛斯·威廉

斯及哈特·克兰等人的诗歌语言的特点，这首长诗明显具有惠特曼的风格，全诗节奏有力，感情强烈，以基于呼吸的节奏奔涌而出。在创作主题上，反抗中心与权威，反叛正统文化和对理性的消解通过"自发式写作"与"表演式创作"表达出来。

"垮掉派"诗歌的艺术特征主要有以下几点：

"垮掉派"诗人十分倾心于"自发写作"。他们希求放任的自我表现，真实地描写个人感受，暴露自己最隐私的经历和情感。

"垮掉派"代表着真正的美国文学，诗人强调感情的自然流露，表现一种开放的没有过多道德和文化约束的人生态度。倡导一种大众化"开放诗"体。"垮掉派"推崇非理性和潜意识，爱好描写梦魇、幻觉和错觉。他们常在酒后或吸毒后进行创作。1961 年，金斯伯格注射毒品后陷入幻境，创作了长诗《祈祷》（Kaddish, For Naomi Ginsberg, 1894—1956），诗中追忆了童年、母亲、家庭、困难、不幸，隐含着对纳粹暴行的谴责。诗中袒露了作者很多最隐私、反伦理、反道德的往事。

"垮掉派"的诗歌"充满了造反精神和绝望情绪。为了对自己的仇敌进行鞭挞，就以愤怒地鞭挞自己来代替"[④]。

"垮掉的一代"的诗人群体相当庞大，代表诗人除了艾伦·金斯伯格之外，还有劳伦斯·费林赫迪、菲利普·惠伦（Philip Whalen, 1923—2002）、加里·斯奈德、肯尼斯·雷克斯罗斯、格雷戈里·科尔索（Gregory Corso, 1930—2001）等。

"垮掉的一代"与旧金山派（San Francisco School）有着密切联系。旧金山派是 40 年代末，由旧金山一些诗人发起的一次"旧金山诗歌复兴运动"，是指以旧金山为中心的一系列诗歌活动，它使旧金山成为美国先锋诗歌的中心。也有人认为，旧金山文艺复兴是一个更广泛的现象，应该包括视觉和表演艺术。诗人肯尼思·雷克斯罗斯通常被认为是旧金山文艺复兴的奠基人。

代表诗人有罗伯特·邓肯（Robert Duncan，1919—1988）、加里·斯奈德、劳伦斯·费林赫迪等。1945 年金斯伯格从纽约回到旧金山后，与这些旧金山派诗人在一起，过着放荡不羁的生活，形成了自己独特的社会圈子和处世哲学。旧金山诗派的作品——包括大部分西海岸诗歌——归功于东方哲学和宗教，以及日本和中国诗歌。他们的许多诗歌都以山区为背景，或以背包旅行为背景。诗歌以自然而非文学传统为灵感来源。这种写作风格的一个著名代表人物是加里·斯奈德，也是"垮掉派"的成员（他自己否认）。

加里·斯奈德（Gary Snyder，1930— ）是 20 世纪著名的诗人、生态环保主义者，是一位禅宗信徒、散文家、翻译家，获得年度普利策诗歌奖、伯利根诗歌奖和约翰·黑自然书写奖、罗伯特基尔希终身成就奖。他深受禅宗和亚洲语言文化影响，他将中国的 24 首寒山诗翻译为英文版，风靡美国，被奉为诗歌翻译的经典之作。生态诗学是斯奈德诗歌的核心思想，他从"垮掉派"中脱颖而出，倡导人类重返大自然，亲近土地，和自然建立一种平等、民主的新型关系，人与自然和谐共处。其诗歌代表作品主要有《神话与文本》（Myths & Texts，1960）、《无终的山水》（Mountains and Rivers Without End，1965）、《砌石与寒山诗》（Riprap and Cold Mountain Poems，1965）、《僻野》（The Back Country，1967）《观浪》（Regarding Wave，1969）、《龟岛》（Turtle Island，1974）、《斧柄集》（Axe Handles，1983）、《遗留在雨中：1947—1985 年未发表的诗歌》（Left Out in the Rain: New Poems 1947—1985，1988）、《野性的实践》（The Practice of the Wild，1990），等。

他以敏锐的洞察力和惊人的直觉理解能力创造了一个纷繁的诗的世界。他深厚的东西方文化素养使他的诗歌在形式、蕴意、语言、结构等方面独树一帜，如《松树冠》（Pine Tree Tops）：

蓝色的夜

霜雾，天空中

明月朗照

松树冠

弯成霜一般蓝，淡淡地

没入天空，霜、星光

靴子的吱嘎声

兔痕迹鹿痕迹

我们知道什么

　　这首诗曾被斯奈德认为是自己最好的诗。诗人既否认个体化的现实，又不拒绝特殊性，他的意愿是想用自己的世界代替这个现存的世界，他勾勒的画面具有强烈的美感。还比如：

一条花岗岩山脊

一棵树，即已足够

甚至只要一块岩石、一道溪流、

池塘里的一块树皮，即可。

群山层峦叠嶂

树木粗壮，挤在

石罅之间；

月照万有，太大的月亮。

思绪漫漫，一百万个

夏日，夜气静而山岩暖。

长空笼盖无尽的群山。

人类带来的一切废物

尽去，磐石颤抖

即使沉重的现在似乎也无法应对

这气泡的心。

词语和书籍

像泻下高崖的小溪

消失在干燥的空气中。

一个了无心思的心灵

清澈，敏感

看到的就是真正看见的。

无人爱岩石，而我们在这里。

夜凉，月色中

一个闪光

闪入落叶松的阴影：

那里，隐蔽之处

狮子或土狼的眼睛

冷傲地

注视我起身，离开。

　　这是斯奈德的名作《皮尤特涧》（Piute Creek），这首诗形式简洁、凝练优美，"除了佛教的空寂的概念，斯奈德的诗还综合了中国唐诗和日本俳句的文体结构。他把自己的设想和实践与其经验、想象力和声音等结合在一起，构成了一个独特的省略模式，其目的不在于把这种模式作为一种外在的形式，是用它本身来揭示诗的本质。这种省略模式应用在斯奈德的诗中是非常普遍的。"⑤

四、黑山诗派（The Black Mountain School）

黑山派又叫投射派，它产生于 50 年代中期美国北卡罗来纳州的"黑山学院"（Black Mountain College）。查尔斯·奥尔森（Charles Olson，1910—1970）于 1952 年出任黑山学院院长，一大批诗人和艺术家聚集在他的周围，他们通过《黑山评论》（Black Mountain Review）和《起源》（Origin）等杂志，进行诗歌创作并宣传他们的诗歌主张及诗学观念，就形成了一个新的诗歌流派，称作"黑山派"，亦称"投射派"（projective verse）。

投射派诗歌的核心人物是奥尔森，黑山学院的教师罗伯特·克里利（Robert Creeley，1945—1975）和罗伯特·邓肯（Robert Duncan）等人，以及其他重要的诗人和他们的一些学生，如丹妮丝·莱维托芙（Denise Levertov，1923—1997）等。

奥尔森认为，诗歌的本质是一座传递能量的高能解构，诗歌创作是宇宙能量的投射，因此，在诗歌创作中要快速传递自己的感觉，忠实记录能量的运转状态和运行轨迹，竭力抗拒理性意识对内心世界的侵蚀；在形式上用能量爆破诗体，以诗行变化来顺应生命的自由呼吸，即呼吸诗行。他们反对艾略特的学院派诗风，"追求个性与非个人化的统一，降解主体意识的同时又保留鲜明的个性印记。"[6]

黑山派诗学强调诗歌创作的即时性和即兴性，克里利的名诗《疯子》（Le Fou）就是这样一首诗作：

> 策划，然后，诗行
> 谈话，踏着节奏，总是来自呼吸
> （首先慢慢地移动呼吸
> 慢慢的——
> 我是指，美的到来，慢慢地就是那样。

> 这样慢慢地（它们在摆动
>
> 我们在移动
>
> 离开　（树林
>
> 常规　（后退
>
> 更加缓慢的，是
>
> （我们在移动！
>
> 再会

莱维托芙的诗歌创作把视觉神秘主义和生活的客观细节都给予同样的重视，她强调视觉投射，极力通过视觉把客体世界的神秘显现出来，如《活着》（Living）里面写道：

> 火，在叶子和草丛中燃烧，
>
> 那么绿，仿佛
>
> 每个夏天都是最后的夏天。
>
> 微风拂过，叶子
>
> 在阳光中颤抖，
>
> 每一天都是最后一天。

黑山派诗学认为，诗歌是一种饱含能量的结构，创作诗歌的过程是把能量放射出去，诗歌形式是诗歌内容的延伸，所以在诗歌创作中要提倡一种感觉向另一种感觉快速直接地传导。他们强调诗歌语言应该顺应呼吸，不是符合传统韵律中的节拍，要重视诗歌的自发性和口语化。20 世纪 50 年代后期，黑山派与垮掉派渐渐合流，诗风出现了变化。他们反抗权威、蔑视传统，诗歌语言直抒胸臆，突出个性。有些诗歌的主题涉及吸毒、同性恋、精神分裂、自杀等。

五、自白派（The Confessional Poets）

自白派诗歌是美国诗坛继黑山派和垮掉诗派之后崛起的一个诗歌流派，主要代表人物有罗伯特·洛厄尔（Robert Lowell，1917—1977）、威廉·德维特·斯诺德格拉斯（William De Witt Snodgrass，1926—2009）、约翰·贝里曼（John Berryman，1914—1972）、西尔维亚·普拉斯（Sylvia Plath，1932—1963）和安妮·塞克斯顿（Anne Sexton，1928—1974）等。

自白派诗歌有两个主要特点：风格简单朴素；偏向对自我的剖析和揭露。自白派诗歌在表层叙事中仍然包含着强烈的主观化、私人化个体情绪。诗人们在创作过程中，消解了西方诗歌的抒情传统，是继垮掉诗之后对形式主义诗歌的最大挑战。诗人们以日常生活作为表现对象却又不单纯描写日常生活，是从个体生活中找寻独特的经验进行想象性表达，借助强烈的主观色彩和自我表露，打破传统日常叙事的冷静客观。

自白派诗人没有组织、纲领和刊物。他们采取比较平和的姿态，运用口语化的语言探讨"人"的生存本身，陈述了对社会现实的不满，表达了现代人的精神困境。

自白派诗人坚决反对艾略特的诗歌创作理论和新批评主义。"他们毫无顾忌地揭示自己的个人隐私，如性欲、思念、羞辱、绝望、精神失常、接受外科手术、与雇主的矛盾，以及对妻子、父母、兄妹、子女的扭曲和变态心理等。"[7]

自白派在 20 世纪 60 年代昙花一现，1963 年普拉斯自杀，1972 年，贝里曼自杀，1974 年塞克斯顿自杀，自白派寥寥可数的几位著名诗人竟有三位在其事业的巅峰期走上了不归路。他们自杀的根本原因是价值观念的失落和信仰的断裂。"自白派诗人几乎一辈子都在探索、追求和质疑终极真理。最后，当他们发现这个世界原本就没有什么价值观念、信仰和真理时，他们便将他们的怀疑和破坏力反诸自身，这样他们就只好进精神病院或干脆自杀。"⑨

　　罗伯特·洛厄尔是第二次世界大战后美国最重要的诗人，他开创了自白派诗风，他的伟大之处在于，他在坦率地谈论自己的同时，也在审视自己国家的文化。将个人经验与时代经验相结合，总是能确保伟大甚至不朽。有人说天才都是疯子，自白派的五位重要诗人有三位自杀，洛厄尔幸运地闯过了这一关，但是，他的心态也依然脱不开悲观的底色，哪怕是好天气也无法让诗人心情轻松，他说：

> 蔚蓝的一天
> 使我极度痛苦的蓝色窗子更加凄凉

　　还比如：

> 我自己就是地狱
> 人在这里

　　洛厄尔早期的诗精致、细密，充满反讽和宗教象征，对美国社会的剖析极为犀利，这一时期的代表作是《威利爷的城堡》（Lord Weary's Castle, 1946）。后期的诗风变得平易，严整的句法也变得松弛起来。最主要的是，他在无比坦诚地讲述自己的生活，剖析内心世界，把自己的内心世界都暴露在诗歌里。这一时期的代表作是诗集《生活研究》（Life Studies, 1959）。在这部诗集里，洛厄尔以令人震惊的坦诚描述了自己的个人经历，讲述了他的家庭背景、夫妻关系，还毫不留情地分享了自己的精神病史和对未来的绝望。

　　如，在《夫与妻》（Man and Wife,）中：

> 被米尔顿驯服，我们躺在母亲的床上；
>
> 早晨盛装的太阳把我们染成红色，
>
> 在明亮的日光中她镀金的床柱闪闪发亮；
>
> 放纵，几乎变成酒神。

　　《臭鼬时刻》（Skunk Hour, 1959）是洛厄尔最带有自白派诗歌标志性特点的作品之一，共八节，大体上前四节"写景"，后四节"抒情"。诗人通过对缅因大街上臭鼬寻找食物的描写，批判了物欲横流、精神空虚的人类社会：

> 只有那些
>
> 在月光里搜寻一口吃食的臭鼬。
>
> 它们靠着脚掌行进在主街上；
>
> 在崔丽特林教堂的
>
> 干垩圆尖顶下
>
> 白色条纹，痴眼红火。
>
> 我站在我背后
>
> 台阶的顶端呼吸这丰富的空气——
>
> 一只带着孩子的臭鼬妈妈摇晃那只垃圾桶。
>
> 她把楔形脑袋扎进一只酸奶油
>
> 杯子，垂下她的鸵鸟尾巴，并不将受到惊吓。

　　诗人借助肆无忌惮觅食的"臭鼬鼠"形象讽刺了没有信仰、不顾一切地追逐物欲的现代人类，诗中三位一体的白色尖塔顶的教堂形象，彰显了洛厄尔想用宗教意识来拯救堕落人类的思想。

　　贝里曼同洛厄尔有着相似经历与创作，他的诗歌自白性很强，是他受伤心灵的衍生物。贝里曼把绝望作为他诗歌的间距却又无力调节自我平衡。他的《梦幻之歌》获 1965 年普里策诗歌奖。

西尔维娅·普拉斯是著名的自白派女诗人，1956 年与英国诗人特德·休斯（Ted Hughes，1930—1998）结婚，育有一子一女。1963 年因为饱受精神分裂折磨和婚变而自杀。普拉斯因其富于激情和创造力的诗篇而闻名，《巨像》（The Colossus and Other Poems，1960）和《爱丽尔》（Ariel，1965）是普拉斯的代表诗集，《爱丽儿》被认为是"自白派"诗歌的代表作。著名诗歌有《疯女孩的情歌》（Mad Girl's Love Song）、《郁金香》（Tulips）、《边缘》（Edge）、《晨歌》（Moring Song）、《冬天的树》（Winter Trees）、《涉水》（Crossing the Water）等。

普拉斯极度敏感，迷恋内心生活，追求事物的完美。1955 年，普拉斯在剑桥邂逅休斯，称其为"世间唯一能与我匹配的男子"。她的诗歌用一种精神直觉来直抵作品的深处，如她在《拉扎茹斯女士》（Lady Lazarus，1962）中写道：

> 我的皮肤
> 闪闪发亮如纳粹的人皮灯罩
> 我的右脚
> 一块锡纸
> 我这张脸平凡、细腻
> 是犹太人的亚麻布
>
> 我是个笑盈盈的女人
> 我年仅三十
> 像只猫我可以死九次
> 这是我的手
> 我的膝盖

> 我可以只有皮和骨
>
> 死，是一门艺术
> 就像任何事情一样
> 我要使它格外精彩
> 灰烬之中
> 我披着红发升起
> 我吞吃男人就像呼吸空气

另一位著名的自白派女诗人安妮·塞克斯顿（Anne Sexton，1928—1974），1967 年因诗集《生或死》（Live or Die，1966）获普利策奖，她是现代妇女解放运动的先驱之一。她的诗作敏锐、坦诚、有力，充满着不可思议的视野和意象，如她的《家庭主妇》（Housewife）：

> 有些女人嫁给了房子。
> 它是另一种皮肤；它有心脏，
> 嘴巴，肝脏和蠕动的肠。
> 墙壁是永久性的，粉色。
> 看她如何整天蹲坐着，
> 忠实地洗净自己。
> 男人强行进入，像约拿那样
> 缩进他们丰满的母亲。
> 女人是她的母亲。
> 这是最主要的事。

诗人将女人物化为一幢房子，暗示她们失去了独立的人格，揭示了现代女性可悲的婚姻生活，塞克斯顿的笔触充满愤怒和悲悯。这些妇女被困于房中，失去了自由，生活如一潭死水。"房子"代表某种异化的空间体验，也是一座监狱。一些女人嫁给男人后反而独守空房，等同于嫁给了无知无觉的房子。

塞克斯顿在一次访谈中说："说到底，诗歌是潜意识的流露。潜意识在那里喂养着意象、象征符号、答案和洞见，这一切事先都没有向我显现。"

70 年代后，美国诗坛又涌现出一种新的诗歌流派"后自白派"。后自白派诗人强调表现自我，而不是自我主义，他们继续着自白派的诗歌之路并发扬光大。

六、语言诗派（Language poetry）

语言诗是 20 世纪 60 年代末、70 年代初兴起的一种先锋诗歌运动，是对美国主流诗歌的回应。语言诗不强调传统的诗歌技巧，倾向于把读者的注意力吸引到诗歌中，有助于创造意义的语言使用上。与语言诗歌相关的写作通常与解构主义、后结构主义和客观主义传统有关。语言诗人也和其他后现代主义诗人一样反叛传统的诗歌形式，他们采用一切可能的手法，力图彻底打破语言常规和诗歌常规，打破诗歌语言的逻辑意义，切断语言与现实之间的联系，从而所指引向语言本身。如，语言诗派领军人物查尔斯·伯恩斯坦（Charles Bernstein，1950—）写的一首短诗《几维树上的几维鸟》（The Kiwi Bird in the Kiwi Tree，1991）：

> 我不要天堂，仅仅要浸透在
> 富有热带风光的词语的
> 倾盆大雨里。超越关系的
> 基本原理，比虚构还"虚"，如同双臂

困住婴儿咯咯咯的笑声：环绕的
罗网宣布它的诺言（不是管束性的
铁栅，而是绞合的音符）。裁缝讲起
其他的费用、缝衣缝、剪裁、
废料。在讲过这些项目之后，又继续讲到
玩具或爽身粉、溜冰鞋和比赛得分。只有
假想的才是真实的—不是
搅乱心田翻腾的王牌。
首要的事实是社会主体，
一个社会来自另一个社会体，不需另外的。

    语言诗作为一场诗歌运动，它革新了诗歌的文体，带来了文化上的变化。语言诗歌的创作主张破坏了语言的常规表达方式，有些诗人还邀请读者参与诗歌意义的建构，这些都是典型的后现代主义创作手法。语言的组织和表达过程在语言诗人那里备受重视，他们强调读者对诗歌语言本身的体验。"每首语言诗中的上下文很有可能是断裂的，常规的语言逻辑关系不复存在。语言诗人把语言诗看作和当代的后结构主义、后现代主义等并驾齐驱的思想文化运动。他们提出很多主张，这些主张除了有关文学创作外，更多地探讨了文学与政治的关系问题。作诗是他们讨论和分析资本主义社会秩序的切入点，他们试图采用激进的语言形式和解构的方式参与资本主义制度的转变。"⑧

    语言诗他们深受结构主义，后结构主义和后现代理论的影响。语言诗千方百计地突破语言的牢笼，意图重新激活能指与所指的任意性、能动性，寻求更加多元、更为开放的意义建构空间，试图用纯语言来创造一个自足的诗歌世界。语言诗具有明显的马克思主义意识形态特征，他们认为，由于一切都已打上了商品拜物教的烙印，现代社会的诗学规范实质上是"资产阶级对社会无意识的隐秘控制。因此，语言诗人力图以激进的诗歌实验瓦解资本主义诗歌秩序，重新激活能指与所指的任意性和能动性，恢复语言符号丰富的表意功能"⑨。语言诗人打破诗歌与其他文体的界限，甚至文学和非文学的界限，将各种语言实验推向了极致。

语言诗人主要分布在东部的纽约市和西部的旧金山，都是大学教师，他们属学者型诗人。主要作家有：他们的核心诗人包括布鲁斯·安德鲁斯（Bruce Andrews，1948— ）、雷·阿曼特劳特（Rae Armantrout，1947— ）、查尔斯·伯恩斯坦（Charles Bernstein，1950— ）、罗恩·西利曼（Ron Silliman，1946— ）、鲍勃·佩雷尔曼（Bob Perelman，1947— ）、林恩·海吉年（Lyn Hejinian，1941— ）、史蒂夫·麦卡弗里（Steve McCaffery，1947— ）、巴雷特·瓦滕（Barrett Watten，1948— ）、迈克尔·帕默（Michael Palmer，1942— ）、和苏珊·豪（Susan Howe，1937— ）等。

伯恩斯坦认为，语言是思想和写作的原料。通过语言，我们体验世界，事实上通过语言，意义进入世界，获得存在。因此，语言诗人"抛弃传统的语言观，发挥语言的自主作用，打碎常规的句法和词法，把语言乱七八糟地拼凑在一起，沉溺在语言的游戏中自得其乐，还给读者留下了创造和想象的丰富的空间，使读者不再是诗歌被动的接受者，而成了主动的参与者"⑩。

语言诗人采用拼贴、粘连、内爆句式、系列句式、创造新词、剪辑等手法，颠覆了传统语言观念，达到了创造一种新的语言诗的目的。根据伯恩斯坦的总结，这类语言诗的写作方法有66种之多，实际上，语言诗的形式千变万化，"在文本世界中，语言诗人如恐怖分子一样肆无忌惮地摧毁一切诗歌律令，把情节、文体、语意、词句全都撕裂为碎片，将一片废墟荒野留给那些兴致勃勃的访古探幽者。"⑪

像乌立波一样，语言诗将读者设想为创造文本意义的积极参与者。限制和程序一直是语言诗歌工具包中的关键工具。罗恩·西利曼的作品是语言诗学这一特征最广泛和有力的例子之一。他发现了一个基于重复、扩展和修改的约束程序，在创作散文诗 Ketjak 的时候，西利曼遵循了这些规则："（1）每一段的句子数是前一段的两倍；（2）新段落以完全相同的顺序重复前一段落的每句话，尽管有时前几句话会被修改或扩充；（3）每个新段落中的新句子被夹在现有句子之间。这样，第一段只有一个句子，第二段的特点是这个句子加一个句子，第三段由 4 个句子组成，第四段有 8 个句子。这部 100 页的作品的最后一段，就是第十二段，有 2048 句话，1 万多个单词"。在创作长诗 Tjanting（1981）时，西利曼使用了斐波那契数列（每个数字都是通过将它前面的两个数字相加得到的——0、1、1、2、3、5、8、13、21、34、55 等）来口述诗的每一段会出现多少个句子。

西利曼认为，所有的写作都依赖于约束，所有的诗歌都是形式主义，实验诗人可以自觉地利用新的、任意的、不寻常的结构和程序，以开辟表现世界的新方式，使用这种方法来创作文本，有可能使作家摆脱未经检验的习惯和传统，这些习惯限制了写作和意识的可能性。

林恩·海吉年的《我的生活》（My Life，1980）是一首著名的语言诗，后现代主义诗歌的代表作之一，也是一部基于约束创作观念的作品。在第一版中，这首诗由 37 个散文部分组成，每个部分有 37 个句子，与她写这本书时的年龄相对应。七年后，她把这本书扩大到由 45 部分组成，每一部分都有 45 句话那么长，以再次符合她的年龄。

语言诗作品中易懂的如特德·格林沃尔德（Ted Greenwald，1942—2016）的《谎言》（Lies）：

谎言

仅是

逃避

的

途径

恰恰

在

转弯

角

　　有些语言诗对于形式的创新非常怪异，如蒂娜·达拉的《荒谬可笑的棒糖》（Ludicrous Stick），整首诗的形状是棒糖形的一块文字，它从英语词典的"舔"（lick）词条中剪了一部分，把正常的语序或思路完全打乱，产生了极为怪异的新组合。有的语言诗对形式的实验已经到了无法理解的地步，形式极为凌乱，夹杂着图形符号，甚至状如宝塔、鸟、环带等，如语言诗长诗《大约地》（Approximately）里面的很多片段就是极其混乱、不知所云。

　　"语言诗派以开放、多元、可写的文本创作，将诗歌阅读由传统的权威价值灌输转变为多元意义的主动探求，有效阻遏了诗歌的商品化倾向，为人性的复原、社会无意识的释放提供了新的可能。"⑫

　　对语言诗派的评价也有不同的声音："一方面，他们通过坚持不懈的努力，确实拓展了艺术思维空间，对语言在文学创作中的功能也做了极有益的探索；另一方面，他们如此无限制地打乱语序词序，其结果是他们将面临结构主义者所面临的困境，更不必说严重脱离社会生活，尽管他们非常关心政治。"⑬

注　释

①刘象愚，杨恒达，曾艳兵 . 从现代主义到后现代主义 [M]. 北京：高等教育出版社，2002：293.

②康 . 杰 论克雷格·雷恩《一个火星人寄一张明信片回家》中的异化 [J]. 当代教育理论与实践，2014（6）.

③王琪 以新的"亲切"方式重新审视现代世界——评克雷格·雷恩的诗《一个火星人寄一张明信片回家》[J]. 时代文学（下半月），2011（11）.

④刘象愚，杨恒达，曾艳兵 . 从现代主义到后现代主义 [M]. 北京：高等教育出版社，2002：306.

⑤耿晓谕 . 加里·斯奈德的诗学 [J]. 郑州大学学报（哲学社会科学版），1988（12）

⑥尚婷 . 美国黑山诗派的后现代诗观 [J]. 浙江外国语学院学报，2016（3）

⑦刘象愚，杨恒达，曾艳兵 . 从现代主义到后现代主义 [M]. 北京：高等教育出版社，2002：311.

⑧周昕 . 语言诗的语言与形式研究 [D]. 上海：华东师范大学，2014.

⑨刘象愚，杨恒达，曾艳兵 . 从现代主义到后现代主义 [M]. 北京：高等教育出版社，2002：316-7.

⑩尚婷 . 语言诗与解构主义诗学 [J]. 长江学术，2012（2）.

⑪尚婷 . 美国语言诗派与马克思主义诗学 [J]. 石家庄铁道大学学报（社会科学版），2012（3）.

⑫张子清 . 美国语言诗特色与现状探析 [J]，诗探索，1994（11）.

第四章　后现代主义戏剧

"二战"以后，西方国家进入了后工业社会和信息社会。晚期资本主义社会和商业社会的发展给人们的精神带来了压力和困惑，人们对自身的价值与存在的状态产生了恐慌与怀疑，于是，后现代主义艺术应运而生，它是特殊社会阶段的产物，激进的艺术家们开始抛弃艺术的传统，展开反文化、反艺术的运动。

后现代主义戏剧突出地表现为一种非线性、非文学、非现实主义、非推论和非封闭的演出，到了60年代达到高潮，而后渐趋沉寂。丹尼尔·贝尔是美国著名的思想家，他认为，政治和文化的激进主义就是20世纪60年代的标记。与现代主义相对照，激进的后现代主义表现出鲜明的解构精神。法国戏剧家安托南·阿尔托（Antonin Artaud，1896—1948）被誉为是后现代主义戏剧的鼻祖，他在20世纪30代提出以直面社会与人性的残酷、黑暗与精神痛苦为特征的"残酷戏剧"，对于戏剧艺术的各个组成要素提出革命性反叛，为直面戏剧的面世做了充分铺垫。他的戏剧呈现出反传统、反理性、反文学的特征，他执着于戏剧表演回归精神仪式的理想。在他的影响下，许多戏剧流派如质朴戏剧、荒诞派戏剧、环境戏剧等相继诞生，新的戏剧理论如"空的空间"等也出现在戏剧评论家的笔下。

德国剧作家贝尔托·布莱希特（Bertolt Brecht，1898—1956）打破了表演空间与观众之间的阻碍。还创造性地设立了表演间离。所谓的"表演间离"是指即演员不必拘泥于与角色融为一体，在合适的舞台条件下他可以超越角色，实现旁观式的表演。布莱希特的叛逆精神，对不合理社会制度的批判影响力英美后现代剧作家。布莱希特死后第二年，即 1957 年，荒诞派戏剧在欧洲蔚然成风。荒诞派剧作消解了传统戏剧的语言功能，用"无义的语言"来表达一个无义的世界。荒诞派剧中几乎没有完整的故事情节，没有内在的冲突，有意制造非戏剧性的语言和行动，使观众面对着一个荒诞扭曲的世界，"用直喻手法展示模棱两可的世界，用无义的语言去揭示人与世界的荒诞对峙，用荒诞观去统领整个剧作主旨的表达"①。荒诞派戏剧的主旨是体现"上帝死了"之后人类的孤独、痛楚和茫然无助，展示现代社会和现代人命运的荒谬。这一时期有影响力的荒诞剧有：贝克特的《等待戈多》（Waiting for Godot，1952）和《终局》（Fin de Partie，1957），热内（Jean Genet，1910—1986）的《阳台》（Le Balcon）和《黑人》（Les Nègres），品特（Harold Pinter，1930—2008）的《房间》（The Room，1957）、尤奈斯库（Eugene Ionesco，1909—1994）的《椅子》（The Chairs，1952）、阿达莫夫（Arthur Adamov，1908—1970）的《巴奥罗·巴奥利》（Paolo Paoli，1957）等。

荒诞剧不再展现冲突，人物、情节、结构等一切元素都被淡化。在《等待戈多》中，剧中的场景只有乡间一条路和一棵树，时间上是一天一天的重复，没有任何变化。在贝克特的《啊，美好的日子！》（Oh，Les Beaux Jours，1961）里，剧中人物只有一对老年夫妇，唯一的场景是一个小圆丘，小圆丘上长满了枯黄的草，女演员就在圆丘后进行表演。全剧只有两幕，第一幕开始的时候，女主人公老妇人温妮出现在圆丘后，土已经埋到了她的腰部，她却怡然自乐：一会儿打开提包，取出各种梳洗工具如牙刷、镜子、口红等；一会儿打开小阳伞遮挡着太阳。她的第一句台词是"啊，又是一个美好的日子"。到了第二幕，土已经埋到了她的颈部，她依然对此视而不见。温妮反复从她的提包里拿出各种生活用品。全剧从头到尾的对白只有温妮和丈夫的对话。她讲的话杂乱无章，毫无头绪，有营养药品和其他商品的广告、口红和过去的生活片段等。

相对于以上这种无限单一重复，没有开始也没有结尾的时间模式，有的后现代主义戏剧采取时间交错方式来进行叙事。这些剧作中会出现两条或两条以上的时间线索，这几种时间线索或交错进行，或同时进行，或由其中的一条时间线索引发出另一条，如由正在进行的时间引出过去的时间，交代清楚后再回到正在进行的时间。它们按照逻辑结构交织在一起，不能进行分割、重组。如英国剧作家迈克尔·弗莱恩（Michael Frayn，1933—）的《民主》（Democracy，2003）。作者将第一条时间线索巧妙地穿插在第二条时间线索中，时间的改变通过剧中新增人物的对话暗示出来，剧情的发展得以推动。在彼得·谢弗（Peter Shaffer，1926—2016）的《上帝的宠儿》（Amadeus，1979）。在这部剧作中，萨利埃里对过去的回忆和他与仆人的对话是时间主线，莫扎特生前与萨利埃里的事情是辅线，两条线索缠绕在一起，不可分割。美国作家戴维·奥本（David Auburn，1969—）的《验证》（Proof，2000）也是这种类型的作品。这部剧作有两条时间线索，第一条是父亲过世后的时间，是现在进行时。现在进行时的叙事进程中，剧情需要进行回溯以解开观众心中的疑问，于是叙事就回到了过去。

后现代主义戏剧的空间可以是梦境空间、心理空间或回忆空间。空间的表述主要有两种表现形式：引发式、并列式。

引发式是指由现实空间引发回忆、梦境、心理的第一层空间引发第二层空间；并列式空间是指剧本中同时出现两种或两种以上的空间形式。后现代主义戏剧在时间和空间中会出现不同时间与不同空间的交错。如杰森·舍曼（Jason Sherman，1962—）的《明枪暗箭》（Three in the Back，Two in the Head，1994）就出现了三条时间线索两个回忆空间，这三条时间线索和两个回忆空间以多种方式结合起来，引导着剧情发展。

"总的来说，后现代主义戏剧在时间和空间上的这种交错、并行、回溯都是在戏剧的横向上扩大戏剧容量，使戏剧内容更丰富多彩、空间变得更加立体、饱满"②。

如果只是为了确定荒诞派，究竟是属于现代派或后现代派，其实并没有多少实际的意义。"客观地看，荒诞派戏剧虽然并不一定属于后现代戏剧，但在戏剧观念上已经开始倾向后现代了。不论是从二者类似的哲学基础，还是从对世界不确定本质的理解，或是对世界和人类生存荒诞性的认知上，都有很大程度上的相似性。或者可以说，荒诞派戏剧蕴含着后现代戏剧的种种质素"③。

后现代主义戏剧的反叛，主要原因在于后现代主义文化思潮影响下，出现的戏剧美学观念与表现形式的探索转向，这种转向对外部世界真实存在的特质本身进行了质疑，又对人类发现和表达真实的可能性进行了质疑。后现代主义戏剧文学取消了剧场舞台美术、造型艺术等空间艺术的存在意义，呈现出"反文学"的特征；戏剧中演员的表演趋于仪式化，剧情没有逻辑，语言没有意义，表现出不确定性、无序性、内化性、模糊性、分裂性等哲学思想。

后现代主义戏剧的实践打破了一切可能的界限，如传统的"时空"观念，戏剧和其他艺术甚至是和生活之间的界限，戏剧文本的界限等，形成混杂、拼贴、杂糅的形态。这一系列对戏剧的后现代主义实验彻底消解了戏剧艺术的本质意义，概念被打破，又在新的情况下互相融合，最后只剩下一个物质存在——"表演"。在阿尔托式的后现代导演眼中，戏剧中的一切都是假的，所有的叙述都是虚幻的、毫无意义的。他们唯一的追求就是建立一种新的表达方式，这种新的表达方式完全以表演为中心。"后现代戏剧艺术的演剧形式回复到了古代传统戏剧艺术的'仪式'中，没有文本，没有束缚，表演具有狂欢的性质，也取消了演员与观众之间的界限，表演者自发参与集体创作。导演与演员的创作目的就是要打破一切的传统与规则，恢复戏剧的本质——表演艺术的中心位置。"④

美国戏剧理论家罗伯特·科恩（Robert Cohen，1949—）的《戏剧》

（Theatre）是一部经典的戏剧理论著作，在这部著作中，科恩区分了后现代实验戏剧、开放戏剧和复兴戏剧，并将后现代主义戏剧放在这"三个运动或三个主题"下进行研究。这些戏剧又根据形式和内容分为感官戏剧、差异戏剧、危险戏剧、非线性戏剧、重演戏剧、非传统角色分配戏剧、种族多样性戏剧和女性的戏剧等。

后现代主义戏剧热衷渲染梦幻，用幻觉游戏让人的欲望在梦幻中得到满足，如汤姆·斯托帕德（Tom Stoppard，1937—）的《罗森克兰茨和吉尔登斯特恩死了》（Rosencrantz and Guildenstern Are Dead，1967）。一般说来，后现代主义的戏剧有两类：一种是以文本为主，利用结构变化、时空转换、语言创新等方式诠释戏剧；另一种是以表演为主，强调演员的即兴发挥。

英国戏剧大师彼得·布鲁克（Peter Brook，1925—2022）在1968年出版了专著《空的空间》（The Empty Space，1968）。在这部专著中，布鲁克提倡反文法表演——"即兴"戏剧（improvisational theatre），即在进行舞台表演时，演员要抛弃导演事先拟订的演出内容或计划，并通过演员本人创造性的即兴发挥来展开剧情。它主要基于以下几个原则：第一，观众也是演员；第二，表演事先没有严格的要求，要提倡即兴表演以获得良好的演出效果；第三，观众席位应该与演员和舞台设置在一起，不应该有泾渭分明的界限；第四，表演要像真实的生活一样，表演的开始也意味着事件的开始。

彼得·谢弗（Perter Shaffer，1926—2016）在《伊库斯》（Equus，1973）一剧中把演员和观众共同纳入一个整体的演出中。舞台后部也设置了一层一层的座位。这样，在演出的过程中演员和观众的空间关系就呈现出与以前迥异的风格，颠覆了传统的观众在台下观看而演员在舞台上演出的关系。

后现代戏剧家主张戏剧应回归于剧场中，既然戏剧是现场表演给观众看，那么，以剧场性为主导的戏剧演出才是真正的戏剧。这就从根本上改变了戏剧文本的地位与作用。"导演中心制"的创作模式体现了导演精神与文本精神的严重对立。荒诞派戏剧、质朴戏剧、环境戏剧皆体现了鲜明的导演精神。

后现代主义在很大程度上放弃了对于终极问题的关怀，走向商品化和大众化。"后现代主义戏剧也一反古典戏剧美学所坚持的教化启迪的理性原则及现代主义戏剧的乌托邦解释和预言，它们企图打击和震撼观众，产生一种类似于焦虑和不安的功能效果。"⑤

后现代戏剧建立在本体怀疑论基础上，剧中的人物是"滑稽可笑的流浪汉、互不相识的夫妻、抽空了内核的酷哥等。所有这一切无不向世人昭示由于中心丧失所带来的人对自身的不确定性，人对自然、对社会的诸多不确定性"⑥。

后现代主义戏剧对现实彻底绝望，抛弃一切价值，热衷于渲染梦幻和即兴表演，如英国汤姆·斯托帕德的《罗森克兰茨和吉尔登斯特恩死了》、萨姆·谢泼德（Sam Shepard，1943—2017）的《芝加哥》（Chicago），美国剧作家杰克·盖尔伯（Jack Gelber，1932—2003）的《药头》（The Connection）等。演员们在演出中撇开剧本临场发挥，即兴让观众参与舞台表演。

很多后现代戏剧中，舞台语言混乱，颠倒重复，不知所云，这主要是这些剧作家力图消解传统戏剧的观看模式，他们认为，重要的不是观看戏剧，而是参与其中。贝克特的剧作《克拉普的最后一盘磁带》（Krapp's Last Tape，1958）塑造了一个空虚与孤寂的老人。在一个空荡荡的黑暗舞台上，一位老男人孤独地坐在房间中，录音机里有一盘磁带正在播放，这是老人在三十年前录制的他对自己讲的话。老人一边听一边百无聊赖地重复着琐碎的动作，如吃香蕉、翻抽屉、掏钥匙等，老人茫然的表情和没有意义的下意识的动作引导观众感受人生的空虚与无奈。老人动作很慢，时时退身在暗影中，唯一可见的那一小块是被回忆所照亮的，其余一切都被浓浓的黑暗笼罩。

后现代社会是一个空虚的、无根的符码社会，复制的信息无限蔓延传播，对"元叙事"进行着强力消解。后现代主义戏剧大量使用魔幻灯光、音响等手段，淡化戏剧情节，传统上的严肃艺术也被消解。

后现代主义戏剧的舞台上也从来不缺乏暴力元素的展览，木偶、死尸、骷髅、血污、机器、绞刑架等比比皆是。美国剧作家杰克·盖尔伯的《旅店》（The Hotel）中，一对年轻夫妻做着兽性般的亲昵动作，他们脱衣洗澡，还用口红在墙上涂抹不堪入目的淫秽图画；接着他们又在粗野刺耳的摇滚乐声中，开始了歇斯底里的破坏，如砸碎梳妆台、撕毁床单、把门窗掀翻，最后还肢解了老板娘。暴力元素给观众带来巨大的视觉冲击，促使观众对社会现状进行深刻反思。暴力元素隐含着时代社会发展的隐忧与当代人类在精神心理层面的危机与困境，是整个时代信仰缺失、道德沦丧的外在表现形式，是对理性和乌托邦的嘲讽。

一、英国后现代主义戏剧

英国的戏剧历史悠久，源远流长，它和欧洲大陆以及美国的文艺思潮紧密相连。1949 年，美国剧作家田纳西·威廉姆斯（Tennessee Williams，1911—1983）的《欲望号街车》（A Streetcar Named Desire）在伦敦西区上演，演出如实呈现了生活中的暴力：家人的争吵、冲水马桶的声音，这一切都震撼了观众。它标志着新的暴力戏剧美学开始出现在英国剧坛上，观众的戏剧审美观念和经验将会遭遇冲击和洗礼。

1956 年，柏林剧团到伦敦访问演出，把布莱希特的戏剧观也带到了英国，影响了英国的剧作家，如约翰·阿登（John Arden，1930—2012）和爱德华·邦德（Edward Bond，1934—），改变了英国戏剧的发展方向。阿登的戏剧《马斯格莱夫中士之舞》（Sergeant Musgrave's Dance，1959），邦德的《李尔》（Lear，1971）、《宾果》（Bingo，1974）、《王政复辟》（Restoration，1981）等都深受布莱希特剧作理论的影响。

英国早期最著名的后现代主义剧作家应该是塞缪尔·贝克特，他的荒诞剧在后现代主义戏剧的发展过程中起到了巨大的推进作用。虽然有些批评家认为，贝克特的剧作能否被归于后现代仍有待商榷，但是不可否认的是荒诞派的戏剧包含了后现代主义戏剧的所有基本要素，开启了一个新的戏剧时代。

贝克特的剧作《不是我》（Not I，1972）里面，空荡荡的黑暗舞台上，一个逐渐升高的红嘴对着一个穿着红衣服的听众喋喋不休地讲述着一个女孩被父母亲抛弃的故事。由于多年没说话，红嘴的思维出现了障碍，语言功能大受影响，导致表达颠倒错乱，语无伦次。这部戏剧中破碎的句子结构带来了破碎的意象，贝克特力图运用视觉隐喻来解读红嘴重复的、破碎的话语。同时其他身体部位的缺失又意味着身份的缺失，这种既存在又不存在的状态就如同西奈山上的既"在场"又"不在场"的上帝一样，说明嘴其实是个既充实又空虚的空间。

贝克特的《不是我》给观众展示了一幅荒诞不经却又卓有成效的视觉画面，贝克特对舞台背景和人物形象进行了精心设计，他用 2D 的平面去表现 3D 的世界，这种媒介表现的特殊技巧极具创造性，又是现实的、讽刺的和批判的。

除了视觉叙事，英国后现代戏剧也采用听觉叙事。"音乐有它自身的动态特性，即音乐意义常常体现在身体运动过程中，如速度、力量、强度的增加和减少。"[⑦]在具体语境中，把音乐（声音）联系起来就能体现出象征意义。

在时间叙事方式上，英国后现代戏剧也常常采取反传统的叙事方式，如贝克特的《克拉普的最后一盘磁带》和哈罗德·品特的《背叛》（Betrayal）等。同样采用反传统叙事的《艺术家下楼梯》（Artist Descending Stair-case）是汤姆·斯托帕德的一部广播剧，这些剧作里使用了叙事话语层面上的时间倒退。还有一种情况，就是叙事话语与故事相反：故事本身，即事件的实际顺序，在时间上倒退。如卡里尔·丘吉尔（Karyl Churchill，1938—）的《心之所欲》（Heart's Desire），整个戏剧的时间循环颠覆了线性时间性的概念。贝克特的后现代戏剧《戏剧》（Play）也运用循环的时间性解构线性的时间。时间的原点也即时间的终点，结束仅仅是重新开始，给人一种不断重复，表演无尽，时间消融在重复中的感觉。

　　"在后现代主义戏剧中，属于不同时期的元素可以在某一时间点形成某一行动、某一场景、某一话语语境。"⑧大卫·赫尔曼称为"多元时间叙事"。英国后现代戏剧也常常创设特定的场景以适合共存的故事时间，在这种叙事时间下，故事时间在不同的所指体系中以不同速度流失，亦即剧中的角色和周围的人相比，衰老的速率是不同的，或者比参照人物老得快，或者比参照人物老得慢，如卡里尔·丘吉尔的《九重天》（Cloud Nine）。比如，彼得·谢弗（Peter Shaffer，1926—2016）的戏剧《上帝的宠儿》（L'Amadeus）中萨利埃里的叙事时间就是在现在和过去之间轮流展现。霍华德·布兰顿（Howard Brenton，1942—）的戏剧《罗马人在英国》（The Romans in Britain，1980）把裘力斯·恺撒对不列颠的征服、盎格鲁撒克逊人对不列颠的入侵和英国本身在海外的殖民扩张这三个不同的时间区域融合起来。

　　当代英国戏剧从20世纪50年代开始吸收和接纳暴力对抗元素。1956年5月，约翰·奥斯本（John Osborne，1929—1994）的著名戏剧《愤怒的回顾》（Look Back in Anger）引起轰动，开创了"愤怒的戏剧"。1958年塞缪尔·贝克特的《终局》和《克拉普的最后一盘磁带》，奈吉尔·丹尼斯（Nigel Dennis，1912—1989）发表于1955年的戏剧《身份的卡片》（Cards of ldentity）等，所使用的话语都充满暴力气息。琼·利特伍德（Joan Littlewood，1914—2002）、约翰·雅登（John Arden，1930—2012）与爱德华·邦德（Edward Bond，1934—）开始关注和描写工人、穷人与残疾人，剧中的角色使用大量暴力语言。1961年，汤姆·墨菲（Tom Murphy）的《黑暗中的哨音》（A Whistle in the Dark，1961）首演，剧中充斥着暴力语言。1962年，戴维·罗德肯（David Rudkin，1936—）的《夜晚来临前》

（Afore Night Come，1966）使用了恐怖剧情。1965 年，爱德华·邦德的暴力戏剧《获救》（Saved，1965）因为恐怖过甚而遭到口诛笔伐。戴维·海利威尔德（David Halliwell，1936—2006）的《小马尔科姆和他对宦官的抗争》（Little Malcolm and His Struggle Against the Eunuchs，1965）描写了一个中年妇女对社会的无休止的怨毒和攻击。60 年代后期，戏剧对观众的感官刺激达到了高峰。1968 年，英国戏剧审查制度被废除，涌现出大量的年轻作家及描写"边缘文化"的作品。70 年代，英国的观众已经完全适应了这种充满暴力元素的反主流文化。这一类戏剧如约翰·哈伯金（John Hopkins）的《找到回家的路》（Find Your Way Home）、克里斯·威尔金森（Chris Wilkinson）的《我是希特勒的女仆》（I Was Hitler 's Maid，1971）、马丁·舍尔曼（Martin Sherman）的《同性恋》（Bent）等都已经能够被观众较好地接受。这一时期，女性主义也崭露头角，如莫林·杜菲（Maureen Duffy）的《仪式》（Rites）、斯蒂夫·博考夫（Steve Berkoff）的《东方》（East）等。1975 年，妇女戏剧团体（Women's Theater）上演的《我妈说》（My Mother Says）改变了视角，开始关注未成年人的性秘密。卡里尔·丘吉尔（Caryl Churchill）的戏剧《九重天》中，演员们大胆、坦率地讨论性，语言非常有冲击力，这部戏剧的结构也表现出一定的实验性。

英国当代的戏剧家也很擅长运用元叙事技巧来反映社会问题，剖析人性。霍华德·布莱顿（Howard Brighton）的《恋爱中的克里斯蒂》（Christie in Love）既是一部带有暴力和残酷特征的戏剧，也是一部运用本体元叙事的戏剧。在剧中，约翰·克里斯蒂是一个残忍的连环杀手，他在十年间连杀了六名妇女，将这些受害女性的尸体埋在自家的花园里。警方经过多方调查逮捕了克里斯蒂并处死了他。在寻找证据的过程中，两名警察在凶手的花园里他们挖出了一具赤裸的女尸。看着裸体女尸，两名警察无聊地讲起了下流故事，这时候，本来已经被执行了绞刑的凶手克里斯蒂却从坟墓里钻了出来，在两名警察的眼皮子底下对着女尸表演了他的犯罪经过。这种荒诞的事情令两名警察大发脾气。他们把他抓住，在审讯虐待了他之后，又一次在花园里执行了绞刑。布莱顿把连环凶杀案置于一个故事世界中加以讲述，克里斯蒂由现实中的杀人凶手到对着被害人的尸体重复犯罪过程的表演，这个鬼魂式人物的行为，实际上把现实世界与故事世界之间的界限给打通了。这种叙述给观众造成了强烈的刺激，观众被迫在观看舞台戏剧表演中去直面现实世界的残暴，这是一种元叙事的手法。大卫·赫尔（David Hare，1947—）的戏剧《神秘的狂喜》（Secret Rapture，1988）中也运用了这一手法。这部戏剧中的故事发生在英国撒切尔统治时期的 80 年代，伊泽贝尔·格拉斯为了照顾后妈和姐妹导致男友离她而去和生意破产，最后反而被姐姐谋杀。剧作家在剧情设计上别出心裁，通过故事世界与现实世界的越界，让伊泽贝尔的鬼魂出现在舞台上。

90 年代中期，英国戏剧又迎来了全面复兴，出现了大量激进的、批判社会阴暗面和反映中下层人民生活的"直面戏剧"（in-yer-face theatre）。英国政府还通过设立"音乐与艺术促进委员会"（CEMA），特设专项补贴用于年轻作家的创作。专项补贴极大地促进了新剧的创作和演出，在有补贴的剧院中观众的上座率达到 20%，1994—1995 年，新一代年轻剧作家成长起来了，新戏剧随之达到高潮，至 2001 年，剧院的观众上座率达到英国成人总数的 24%。

在此背景下，众多的小剧院（是指上演新剧实验剧的剧场，以有别于上演传统戏剧的大剧院）也表现出非凡的生命力。如 1982 年凯文·艾利奥特（Kevin Elyot，1951—）就把自己创作的剧本《重生》（Coming Clean）安排在一间灌木丛酒吧剧院（Bush Pub Theatre）演出。女性主义在这个时期也逐渐被主流戏剧所接受，如萨拉·丹尼尔斯（Sarah Deniels）的《我们的阴暗成长》（Ripen Our Darkness，1981），黛比·豪斯菲尔德（Debbie Horsfield）的《红魔》(Red Devils Trilogy，1983)，凯·艾谢德 (Key Adshed，1954—) 的《撒切尔的女人》(Thatcher's Women)，克莱尔·迈克英泰利 (Clare Mcintyre，1952—) 的《浅层恐慌》(Low Level Panic，1988)。除此之外，霍华德·巴克 (Howard Barker，1946—) 倡导的"灾难戏剧"也出现在英国剧坛。"剧作家要突显男性气质，舞台就会频频出现强暴；要展演赤裸，侮辱就会接踵而至；要表现暴力，血腥的折磨就会轮番上演。男人与女人失去基本的性别差异，当男人表现得粗鲁，女人就表现得更加粗鲁。"⑨

二、汤姆·斯托帕德 (Tom Stoppard，1937—)

英国戏剧家汤姆·斯托帕德生于 1937 年，他以对哲理的热衷探讨、机智犀利的台词、戏仿与颠覆手法，被奉为西方后现代剧场的领军人物。继荒诞派戏剧后，更为艺术化地反映出后现代社会的荒谬与人类精神的失落，也反映了当今高度科技化与过度理性给人们认知造成的困难。斯托帕德 1970 年推出了短剧《追随玛格莱特》(After Magritte)，戏剧开始的时候，舞台上放着一个烫衣板，一个老太婆就横躺在上面，一个半裸体男人拿脚蹬在椅上拨弄灯罩，一个身穿舞蹈长裙的女子跪在地上，一名警察站在窗户外面，这样的舞台场景让观众迷惑不解。然后作者将事物联系起来并加以解释，通过解谜，剧作家揭示了荒诞的事物后面隐藏的逻辑。他的代表作是《罗森格兰兹和吉尔德斯特恩之死》(Rosencrantz and Guildenstern Are Dead，1990)。斯托帕德 1972 年创作的《跳跃者》(Jumpers)、1975 年创作的《怪诞的效仿》((Travesties，1975) 和 1993 年创作的《阿卡狄亚》(Arcadia，1993) 都是极好的剧本。斯托帕德的不同的剧本风格差别很大，但作者的伦理观念总是贯穿在剧本中。"斯托帕德式"戏剧特征如跳跃式的情节发展、玄妙的文字游戏和开放式的舞台对白都备受称赞。

斯托帕德众多戏剧主题主要探讨各种家庭伦理关系，如夫妻关系、代际关系和个人身份的嬗变。在 20 世纪，传统的家庭观念摇摇欲坠，家庭血缘变得极其脆弱，家人的存在和精神交流被漠视，物质主义和拜金主义大行其道，人际交往沦为简单的商品买卖关系，金钱成了衡量一切的标准。《真相》(The Real Thing)发表于 1982 年，探讨了中产阶级的婚姻和爱情。斯托帕德在该剧中以城市生活为背景，描写了当代家庭中的情感纠葛。剧中的亨利夫妇代表的是城市人群体，他们深受城市异化之苦，成为城市异化进程中的牺牲品。作者借助空间叙事手法和创设视点人物，描述了城市环境这一异质空间里家庭关系的变迁。作者采用剧中剧的特殊场景安排。家庭婚姻关系本来是一种特别的伦理关系，是社会稳定的最重要的基石，但该剧中夫妻间关注更多的却是物质回报和交换价值。迷失、背叛、不忠、不信任充斥着当代家庭，凸显出现代人的孤独感和危机感。

作者通过亨利这一角色，把剧中人物的思想和剧作家的意图分割开来。该剧的叙事方式通过剧中话语权的掌控来构建，剧中的主要视角是亨利，其他人物的观点对主要视角起到了反衬和补充的作用。在这种互相关反衬和补充下，观众可以全面了解该剧的社会境况和历史背景，也逐渐构建起不同的家庭观念。在该剧中，斯托帕德模糊了家庭的概念，在他的笔下，家庭只是一个"名词"，不具有任何实质性的意义，包括空间意义。剧作家没有专门去渲染家庭生活场景，淡化了商业化背景下英国当代家庭的演变，在当代社会的政治和社会背景状况下，通过探讨人生的重大主题如婚姻、爱情、政治等来反思人类存在的困境。

作者在剧中一再突出现代人的孤独。剧中女性夏洛特和安妮婚姻不幸，丈夫不忠的同时还虚伪地谈论着责任和义务。她们选择了以婚外情作为反抗的工具，以不忠来报复不忠。剧中的人物通常无法界定是与非、错与对，难以找到绝对真理，反映了现代文明给当代人带来的无助、焦虑与困惑。

戏仿是一种表现手法，在后现代艺术表现中具有重要的作用。这种手法的指导思想是以游戏的态度来对待一事物并对之进行模仿，达到讽刺的目的，呈现给观众的是似曾相识而又别具风味的场面。后现代戏剧中的戏仿极大地消解了传统戏剧所推崇的崇高感和神圣感。斯托帕德的经典之作《罗森克兰兹和吉尔德斯特恩之死》正是对莎士比亚的经典剧作《哈姆雷特》的一种戏仿。在莎剧中，罗森格兰兹和吉尔德斯特恩两人与哈姆雷特曾经是同学和好朋友，后来罗森格兰兹和吉尔德斯特恩效忠于奸王克劳狄斯，背叛了友情，接受奸王的命令秘密押送哈姆雷特去英国。在去英国的船上，哈姆雷特暗中改写了克劳狄斯的公文，借英王之手处死了罗森格兰兹和吉尔德斯特恩。

斯托帕德充分发挥奇思妙想，创作了三幕剧。第一幕罗森克兰兹和吉尔德斯特恩在玩游戏赌钱。他们一边投掷硬币，一边反思自己的处境。罗森克兰兹因为连续 92 次猜中硬币而感到高兴，可是吉尔德斯特恩却觉得这样的结果很蹊跷，背后莫不是预示着某种命运？于是两个人开始探讨他们的处境，分析身陷囹圄的原因。经过冥思苦想，他们后来终于明白过来：这一切都是源自国王的密信，于是他们一起前往宫廷。在去宫廷的路上，他们遇到了一群莎剧演员，也是去宫廷的，他们便结伴同行。第二幕把当下正发生在罗森克兰兹和吉尔德斯特恩身上的故事和演员们上演的《哈姆雷特》中的某些片段互相穿插起来，或者轮番上场，或者合二为一。罗森克兰兹和吉尔德斯特恩受奸王之命去刺探哈姆雷特疯癫的真伪，却总是被莎剧演员打扰，甚至加入莎剧的某个原始场景中。在此期间，人们除了表演，还讨论戏剧的内涵。第三幕中的场景突然又切换到了海上，罗森克兰兹和吉尔德斯特恩陪同王子乘船前往英国，结果在船上又遇见了那一群莎剧演员，于是本剧的结尾与《哈姆雷特》原剧的结尾合并在了一起。罗森克兰兹和吉尔德斯特恩被处死，哈姆雷特委托霍拉旭将王室的变故昭告天下。

斯托帕德通过对《哈姆雷特》的后现代主义戏仿，赋予《哈姆雷特》以新的内涵，呈现出不确定性的困扰、理性主义的幻灭和主体性的消解。

他重新处理了原莎剧中的戏剧语言、人物形象和情节解构，将原来的故事叙述方式改为两条线索，这两条线索同时发生，其中第一条线索是按莎剧的原有情节发展，罗森克兰兹和吉尔德斯特恩是对奸王克劳狄斯唯命是从的配角；在第二条线索中，斯托帕德则精心安排故事结构，让原剧人物里的人物形象彻底改头换面，人物戏份经过有目的和有选择性的筛选，配角变成了主角，他们有了大段的对白，个性也塑造得极为鲜明，他们还有着令人惊讶的举止，甚至堂而皇之地探讨起自己在剧本里的命运，喋喋不休地力图证明自己的存在，显得极为荒诞。

该剧另一个引人注目的艺术手法是"戏中戏"结构的运用，斯托帕德艺术地将《哈姆雷特》的剧情嵌入自己的戏剧，他把视觉幽默元素糅合进台词中，使该剧成为一部成功的闹剧和哲理剧的复合体。

三、哈罗德·品特（Harold Pinter，1930—2008）

哈罗德·品特于 1930 年 10 月 10 日出生在伦敦东区的一个家庭，父亲是裁缝。品特曾就读于哈克内当斯文法学校。不到 20 岁，他就开始在期刊上发表诗歌。1949 年至 1957 年，品特担任职业演员，在保留剧目轮演剧团表演，随后开始戏剧创作。他的第一部戏剧《一间房子》（The Room，1957）在布里斯托尔演出。1958 年，伦敦上演了他的另一部戏剧《生日聚会》（The Birthday Party）。之后的作品包括《送菜升降机》（The Dumb Waiter，1957）、《夜出》（A Night Out，1959）、《归家》（The Homecoming，1965）、《昔日》（Old Times，1971）和《无人区》（No Man's Land，1975）等。品特后期的作品包括《在路上》《山地语言》（Mountain Language，1988）和《归于尘土》（Ashes to Ashes，1996）。品特还为电台和电视台撰写作品或执导戏剧。品特的诗歌和散文结集（1947—1977）发表于 1978 年。2005 年，品特被授予诺贝尔文学奖。

　　品特的早期作品经常被人们归入荒诞派戏剧。后期的剧作都比较短，题材也比较政治化，讽刺强权压迫，把侵犯人权及强权压迫等议题放在公众视线里。

　　品特的作品表现一位或多位主人公原本平静的生活，因为外来者的突然闯入而遭到破坏，于是主人公就产生恐慌、焦虑甚至是不知所措的情绪。外来者的闯入导致原有的安全空间和领域被打破，主人公处于茫然、孤立无助的可悲境地。他的作品《房间》，讲述了在一个寒冷的夜晚，一幢大宅中的一个房间里，男主人公——一个50岁的男人伯特·赫德，戴着帽子，坐在桌边看杂志，另外有一位60岁的老妇人罗斯站在火炉边煮茶，她不时为伯特送上热茶和面包，屋内的情景显得温馨而安宁。这时，传来一阵敲门声。来者是一位老人，名叫基德，这位老人进入屋子，开始聊天。接着，年轻的桑兹夫妇出场，而后，黑人赖利也来了，他称呼罗斯为萨拉，说是有人委托他来带萨拉回家。萨拉不肯，于是他们就开始争执起来，就这样，原本安逸的场面被打破了，并且越闹越凶。最终，失去理智的伯特把黑人的头往煤气炉上撞，黑人倒下，伯特离开，罗斯失明，剧终。

　　《房间》是一部"威胁喜剧"，该词被用来描述品特早期作品中幽默与恐惧两种矛盾情感交织在一起的心理状态。"闯入者"是"威胁喜剧"中威胁感的根源，他们是戏剧行动的发动者，主导着戏剧情节的发展变化，戏剧中所讲述的正是"压抑的空间"被"强行打开"的悲剧。"'威胁喜剧'中的闯入者形象不仅是作为肉体的存在，更是作为意识的存在，体现了人与人之间既敌对又相互依赖的矛盾关系。闯入者是戏剧中那肆虐的恐惧感的根源，是人类日常生活掩饰下深层危机的象征。"[10]

　　《房间》一剧有着明显的荒诞剧的特点，情节离奇，不合逻辑，充满了压抑、悲凉和孤独。罗斯的失明象征着外界的黑暗最终成功入侵并吞噬了她的空间，隐喻着人类的命运，折射出世界大战给人类心理带来的破坏性打击。

在品特早期的所有作品中几乎都贯穿着《房间》中的主题，并影响着品特后来的创作。

品特的另一部代表性戏剧《送菜升降机》依然选择了一个封闭的空间来作为故事背景，这是一间地下室，仅靠着一架送菜升降机与外界进行联系。主人公是两名杀手——班和格斯，他们藏在地下室随时等待雇主的指令。百无聊赖中，他们开始读报纸上的新闻：一位 87 岁的老人因无法横穿马路而选择爬到一辆货车下面并被货车碾死；11 岁的哥哥杀死了一只猫却嫁祸给 8 岁的妹妹。这两则新闻反映了当时的英国社会缺乏关爱，老人无法正常生活，儿童也在恶劣的社会环境中养成冷血的性格与暴力倾向。品特在这部剧作中暗示了纳粹德国对犹太人的迫害和对英国的破坏，反映了他来自集体无意识的文化创伤。

读完新闻，两人继续在无聊中等待，渐渐地互相生疑，随着剧情的发展，楼上的人要求他们不断地传送菜品，气氛也变得越来越紧张，上级的命令终于到来，出人意料的是班将枪口指向了格斯，戏剧在两人长时间的沉默与对视中落下帷幕。在这部剧中，地下室也是一个封闭的空间，真正的主宰就是幽灵般的上司。班是一个被撒旦彻底收服的冷血杀手，而格斯却有了人性的回归，对自己的行为有了愧疚和反思。所以，最后上级传达的指令也就顺理成章了。剧中的上级影射着纳粹势力，而两名杀手只是令人摆布的牺牲品。

品特是"威胁"喜剧的大师，作品场景一般是在一间狭小而封闭的房间，影射着被海水环绕的战后动荡的英国，所刻画的人物也基本上是社会的中下层，房间外面是威胁房内生活的风险。品特认为，后现代戏剧没有必要深挖主人公的内心世界，也没有必要过于追求对人物形象的塑造，而应该透过剧中人物的眼睛来审视客观世界。剧作家应从全知全能的"上帝"视角，通过新的表现手法来刻画世界的真实图景。因此，在后现代荒诞戏剧中，人物的性格与形象塑造被忽略，呈现给观众的是人物身份的不确定性和文学形象的淡化。

《归于尘土》（1996）是品特后期戏剧创作的代表作，也是其戏剧生涯的集大成之作。《归于尘土》情节简单，妻子丽贝卡和丈夫德夫林正在交谈，交谈的内容是关于妻子往昔的情人，两人陷入了回忆。此剧的独特之处在于，它从看似私人的对白开始，慢慢地滑入了人类暴力的宏大主题。本剧开始时，丽贝卡正在丈夫面前回忆一个神秘男子对她施加的暴力行为儿，不一会儿，他们的话题就很快地从婚姻家庭中的暴力转化为对二战期间纳粹暴力的集体记忆，妻子讲述着一群人如何在向导的指引下投海自杀，那个神秘男子还野蛮地夺走火车站台上母亲怀里的婴儿。在剧中，品特把威胁戏剧和记忆戏剧两种不同的风格交织在一起。德夫林对丽贝卡的记忆空间构成了威胁，而丽贝卡记忆空间与现实生活空间的转换，构成了由人物与环境之间的冲突所形成的文本动力。丽贝卡与德夫林的对话杂糅了性、权力、家庭伦理、宗教、心理等主题，体现了后现代语境下的众语喧哗。

英国后现代荒诞派戏剧表达的主题以悲剧为主，他们提倡以尽量少的语言来描述人物的性格和社会现实。这些剧中人物说话颠三倒四，毫无具体内容可言，常常能带给观众意想不到的喜剧效果。这种对语言的解构，透过非逻辑性的表演，正是剧作家对现实的荒诞性表达。在英国，以品特为代表的荒诞派剧作家，通过对社会现实的独特体验来创作戏剧作品，给观众带来思想上的震撼。

四、萨拉·凯恩（Sarah Kane，1971—1999）

萨拉·凯恩是英国当代著名戏剧家，是西方"直面戏剧"的代表人物，被誉为"英国继莎士比亚与品特之后最伟大的剧作家"。她生于1971年，1999年自杀。留下五部作品，均是经典之作：《摧毁》（Blasted，1995）、《菲德拉的爱》（Phaedra's Love，1996）、《清洗》（Cleansed，1998）、《渴求》（Crave，1998）和《4：48精神崩溃》（4.48 Psychosis，1999）。

萨拉·凯恩的前期戏剧作品中充斥着很多暴力残酷的舞台形象，破碎的情节、极简的语言、残暴而有力的视觉形象展现了主体在一个变幻莫测的世界里所经历的痛苦和磨难。这些痛苦和磨难来自未知的客体，描述了主体的一种存在的虚无和绝望。

萨拉的代表作《摧毁》中呈现了很多野蛮残暴的舞台形象，英国戏剧界和评论界对此剧恶评如潮，大加鞭挞，给凯恩贴上了"坏女孩"的标签，把她的戏剧叫"新野蛮主义"（the New Brutalists）或"城市厌世戏剧"（the Theatre of Urban Ennui）等等。后来，人们把她列为"酷不列颠"（Cool Britannia）文化运动的先驱。

作为一部典型直面戏剧，《摧毁》表现出了与以前戏剧的不同和断裂，它所秉承的新的创作理念和张扬的舞台表现方式更是一种创新的精神。它把精神崩溃、吸毒、血腥暴力、性虐待、战争恐惧、种族屠杀等极端恐怖体验赤裸裸地展示给观众，通过直面来呼唤人们的良知，它代表了英国戏剧新的浪潮和新的时代精神。戏剧评论家亚利克斯·西尔兹（Alex Sierz）认为，具体而言，直面戏剧具有以下三个方面的主题：隐私禁忌的公开宣示，极端情绪的暴力展演，男性危机的深刻揭露。

《摧毁》中第一场的场景发生在英格兰西约克郡首府利兹，第二场中间切换到巴尔干半岛的内战地区，显得非常突兀。血腥的战争杀戮行为通过剧中士兵的讲述来反映出来："成千上万的人像猪一样挤在卡车里要出城，女人把孩子丢向车子里，希望有人会照顾她的小孩。人太多了互相拥挤，踩死了很多人。

直面戏剧就是要掐住观众，迫使他们直面暴力冲突。这一类戏剧使用脏话来引发强烈的语言与视觉冲击，直接体现"面对面"的本质。它打破了传统上演员与观众的关系，通过设置体验式的场景，让观众可以置身其中，从而产生共鸣，激发他们进行严肃思考。暴力能够揭示人类精神的底色，让观众直面暴力是一种冒险方式，因为剧作家认为这可以直达观众的心灵，是一种简便有效的自我救赎。

如果说《摧毁》和《菲德拉的爱》还有一定的情节结构，那么自《清洗》开始，《渴求》与《4：48精神崩溃》等剧完全无情节可循。《清洗》中出现了比《摧毁》更让人难以接受的暴力因素，只是这些暴力常常掩藏于对话之中，而且指向了精神方面。《渴求》剧中只有A、B、C、M四个人物代码，舞台演出里面既没有肢体动作，也没有情节，只有一排间歇性转动的高脚凳和对白。四个人物自顾自地诉说着自己的性经历和情感经历，如同一场主题诗歌朗诵会。《4：48精神崩溃》甚至连代码都没有，所谓的对白被置换成大段的独白。

在萨拉·凯恩的前三部剧作中，客体世界凌驾于人类之上，随时把不可预知的危险强加给人，生存就意味着人类无助地生存于地狱般的客体世界中。在不同的剧本中，这个地狱般的客体世界表现为不同的地方，在《摧毁》中是被炸弹摧毁的宾馆，在《菲德拉的爱》里是特修斯的当代王宫，在《清洗》中是集中营式的大学，在《渴求》中是四个字母代表的人所处的地狱，在《4：48精神崩溃》中是精神病诊所。这个地狱的最可怕之处在于它与现实的分离，世界的表象变成了由媒体所不断生产和自我重复的符码。由于媒体和电视，人们生活的这个世界变成一个仿真的世界，"在这个世界里，唯一的出路和绝对的真实只有一个：死亡。这也是唯一能够肯定的。死亡虽然可怕，但相对于存在，却是唯一一个通向真实和真理的出路。这就是萨拉·凯恩存在的绝望的由来。"[11]

萨拉·凯恩的戏剧并不带有明显的政治色彩，是关注人普遍的存在状态和死亡。在她的后期戏剧作品中，她甚至走向了隔绝和封闭。她的后期戏剧呈现出"新荒诞派"（the New Absurdists）的风格特点，充满了更加浓郁对存在的绝望。她着力去解构戏剧形式，尝试通过更剧烈的实验来探索新的表达形式、戏剧的本质和现实的本体。《渴求》和《4.48 精神崩溃》展露出崭新的戏剧创作风格。她的戏剧拒绝线性和再现，向非逻各斯中心主义靠拢。通过视觉震撼和解构传统戏剧结构，客体世界被消解和文本化。她后期的两部剧作中没有了暴力形象的呈现，甚至没有完整的故事情节，她的戏剧力求描写对人类自身存在状态的无法表达的悲观绝望，试图表达一种既不可表征也无法再现的崇高的美学。

　　萨拉·凯恩晚期戏剧中的最大特色在于她对语言的处理，剧中的语言是一种全新的诗歌语言，她将语言分裂，对文本进行诗意的拼贴，将意义打碎，用语言的音乐性来否定语言的意义，解构了言语逻各斯中心主义，而在场也消失了。《4.48 精神崩溃》为了让观众感受到视觉之外的无法表现的情感，就对拒绝再现和悬置线性。萨拉·凯恩通过使用音乐语言与诗歌语言对客体进行消解，或者将课题加以文本化。可以说，萨拉·凯恩的晚期戏剧致力于探索后现代戏剧中的崇高美学，这主要是通过将客体文本化来实现的。康德认为，在体会崇高的过程中，有时候可视的形象并不具备有效的指引作用，帮助人们体会崇高的真正媒介反而是不在场的形象和否定性的呈现。利奥塔也认为，由于现实和思想的"不可通约性"，它们之间是存在显著差异的，而这种差异是不能被消除的，所以，不可表现性是崇高的构成要素。而情节、人物对白等戏剧形式无法表达抽象的人性，因此在《渴求》和《4：48 精神崩溃》中，情节与人物被完全废除，现实社会的仿真世界已经近似消失。

　　"直面戏剧"的代表作家除了萨拉·凯恩之外，还有马克·雷文希尔（Mark Ravenhill，1966—）、马丁·麦克多纳（Martin McDonagh，197—）、安东尼·尼尔逊（Anthony Neilson，1967—）。《摧毁》、《渴求》、《审查者》（The Censor，1997）、《偷心》（Closer，1997）、《丽南山的美人》、（The Beauty Queen of Leenane，1996）、《枕头人》（The Pillowman，2003）和《购物与纵欲》（Shopping and Fucking，1996）是其中的经典作品。

五、卡里尔·丘吉尔（Caryl Churchill，1938—）

英国剧作家卡里尔·丘吉尔（1938—）是二战后英国杰出的女剧作家，她打破了英国戏剧一直被男性统治的格局，是 20 世纪当代英国戏剧界最具创新的作家之一。卡里尔·丘吉尔的戏剧风格新颖，主题宽泛，思想前卫，具有鲜明的女性主义话语及后殖民主义政治见解，也有着多种"解构"与"元戏剧"等典型的后现代主义元素。她的主要作品有《楼下》（Downstairs，1958）、《蚂蚁》（The Ants，1962）、《热恋》（Lovesick，1967）、《法官的妻子》（The Judge's Wife，1972）、《九重天》（Cloud Nine，1979）。

《九重天》是丘吉尔的一部力作，分为两幕，第一幕的背景是维多利亚时期的非洲殖民地。英国殖民地的行政官克莱夫代表父权社会的最高统治者，他表面上是个好父亲，却背叛妻子贝蒂，和寡妇桑德斯太太私通；贝蒂是女性受压迫的代表，她默默地爱着探险家哈利，恪守传统女性固有的贤妻良母形象；黑人管家乔舒亚把自己归于统治阶层的白人，管理甚至殴打自己种族的人来保卫白人的殖民统治；探险家哈利和克莱夫的儿子爱德华是同性恋者；克莱夫的女儿维多利亚也是同性恋者。第一幕主要描绘了以男性为主导的父权社会。第二幕中贝蒂离开了克莱夫，开始了新的生活，维多利亚嫁给了霸道的马丁，爱德华公开了同性恋关系，对父权社会提出了挑战。

丘吉尔在她的代表戏剧《九重天》中打破了传统上习以为常的时间限制，虽然过去了 100 年的时间，可是戏剧中的人物却只老了 25 岁，她还擅长使用"换装"（cross casting）技巧，以此来跨越种族和性别的界限。第一幕中由男性扮演女主角贝蒂，由一位白人扮演黑人，由一个女孩扮演儿子爱德华。在第二幕里，凯瑟由男性扮演。剧中白人扮黑人、女人扮男人、男人扮女人的戏剧表现手法是这部戏剧的重要特点。这种性别转换和肤色转换，暗示了殖民主义时代在男权话语的绝对统治下，女性的艰难生存处境和女性内心的不确定感。女主贝蒂由一位白人男性演员扮演，嘴里喊着："我为克莱夫活着，我一生中的唯一目标，就是做克莱夫理想中的妻子。"暗示了表面上贝蒂是一位标准的上层社会女性，可内心深处却早已反叛，表现了一位饱受白人夫权压迫的女性内心的激烈挣扎与反抗。克莱夫想按照大英帝国对男性公民的要求把儿子爱德华培养成顶天立地的男子汉，但是爱德华却是一名同性恋，他的本性与社会对他的期待相差甚远：他感情细腻丰富，喜欢洋娃娃。这种性取向的颠倒必然导致对自我身份认定的困惑和精神生活的痛苦折磨，这无疑折射出了现代人艰难痛苦的自我寻找。

从后现代的角度来看，"换装"本身就是一种戏仿，在本剧中就是对男权的解构。女扮男装的换装手法也出现在丘吉尔的《醋汤姆》（Vinegar Tom，1976）中。在该剧最后一幕中，由两个女性演员扮演的神学家出场，这两位领导"猎巫"运动的神学家应该是两个代表权威的男性。而这两个女演员之前在剧中刚刚扮演过女巫琼和艾伦。"女巫瞬间变成了猎杀女巫者，其中的巨大反差无疑会产生震惊效果，继而引发观众的联想——猎杀女巫的狂热其实源自非理性的恐惧。"[12]

《醋汤姆》的背景定位于17世纪的英国，正是英国社会大肆迫害女巫时期。剧中的艾琳具有反叛精神，她年轻时遭人强暴并生下孩子而受到村民的鄙视和排斥。农场主杰克因为对艾琳引诱失败，于是把她诬陷为女巫，艾琳被处以火刑。临刑前艾琳发出了反抗之声："我不是一个女巫，但我希望我是。要是在他们动手后我还能活着，我愿现在就化作女巫。"

丘吉尔认为，反女性立场的欧洲"猎巫"运动正是由男性建构的，在男性作家的笔下，未出嫁的年长女性被女巫化，使人对女巫产生恐惧或厌恶。其实，这正是男性作家通过他们的作品传达出来的带有性别歧视的历史话语。为了表示对这一历史话语的反抗和消解，丘吉尔使用女性话语来重构女巫文化。《醋汤姆》的问世就是对传统男性话语下的"女巫史"的解构。而由两位女演员来扮演的反女性的中世纪猎巫理论家一副流浪艺人的形象，嘴里唱着现代流行歌曲《邪恶的女人》，则具有明显的"元戏剧"特征。

在《温柔警察》（Soft cops，1976）中，卡里尔·丘吉尔让一名罪犯面对着观众激昂慷慨地发表演说，提出自己的政治见解，抨击当前的社会现象与道德倾向。这种"自我指涉"也是一种"元戏剧"。它直接拆穿了戏剧的虚构性质，毫不留情地打破了舞台幻觉，形成了观众与戏剧之间的错位与矛盾，以此推动观众去思考。

在戏剧《优异女子》（Top Girls，1982）中，女主人公马琳举行宴会，庆贺自己荣升"最优秀女性"职业介绍所的经理。前来赴宴的却是来自不同时空的五位女性"鬼魂"。这六个社会人眼中的"成功女性"被"拼贴"在一起：角色之一伊莎贝拉·伯德（1831—1904）是真实存在过的历史人物；也有文艺作品中的人物，如杜尔·格雷特是勃鲁盖尔画中的人物，她曾带领一帮妇女冲入地狱与魔鬼大战；格雷西尔达是个贤妻良母，是《坎特伯雷故事集》中的人物；还有 13 世纪日本天皇的姬妾；甚至还有奇女子琼，传说中她为了求学而女扮男装，后被选中当了两年教皇。当然，这 6 位女性并不是毫无理由地被"拼贴"在一起的，她们都是付出了惨重的代价才换来事业成功的。从另一种意义上来说，这也是对她们成功的质疑。

本剧最突出的一个特点就是通过"重叠式对话"而达到间离效果。六位来自不同的国家和时代，拥有不同的历史背景和生活经历的女性不停地抢夺话语权，形成了"众声喧哗"。她们纵情地述说各自的苦难史，却对其他人的讲述缺乏兴趣，这也从侧面说明了人与人是隔绝的，表面上看起来熙熙攘攘，热闹非凡，实际上却非常孤独。

卡里尔·丘吉尔的戏剧展现出了多种社会问题，也对二元对立下女性政治地位的不公发出了质疑。丘吉尔的才华使她表现出了多元的艺术理念，也创作出了差异性极强的戏剧形式。

六、美国后现代主义戏剧

相对于英国悠久的历史，美国是个非常年轻的国家，美国的戏剧自然就没有欧洲那样深厚的传统，直到奥尼尔的出现，美国的戏剧才获得了世界性的声誉。战后至 50 年代末，美国剧坛还是承袭奥尼尔所开创的传统，到了 60 年代，反主流的文艺思潮兴起，新戏剧开始崛起。新剧的剧作家们学习阿尔托的残酷戏剧、布莱希特的叙事剧、新达达主义的机遇剧和荒诞派戏剧等欧洲先锋戏剧思想，展开艺术实验。

百老汇几乎就是美国现代歌舞和戏剧艺术的代名词。百老汇核心剧院区涉及十多个街区，这些剧院主要位于时报广场的周边，共有 49 家。20 世纪初，一部分戏剧界的精英因为接受不了商业化的百老汇，于是他们就离开了曼哈顿核心区，搬到百老汇周边地区，如格林尼治村附近，排练和上演实验性戏剧或前卫戏剧，这就逐渐形成了外百老汇（Off Broadway），有近 50 家。相对于百老汇，这儿的条件差得多，是一些旧教堂、废仓库、地下室等非常简陋的地方。他们的演出风格与百老汇的商业演出大不相同，他们大胆探索，勇于变革，形成了一场浩大的外百老汇戏剧运动。 到了 20 世纪 60 年代，外百老汇也不可避免地被商业化。于是，那些有志于革新的剧作家和演员就继续往外搬迁，形成了一个外外百老汇（Off Off-Broadway），指纽约地区曼哈顿以外的剧院，有 100 多家。他们的演出地也很简陋。如在顶楼、地窖、酒吧、教堂等偏僻的地方演出各种实验性戏剧，好处是演出成本极低。外外百老汇给美国戏剧带来了一股新鲜的空气，这股新鲜血液的注入也带给人们一种信心：尽管这是一个物欲横流的社会，艺术的发展却在任何时候都不会停止它自由的脚步。

新剧的改革主要体现在对戏剧元素的处理上，通过大幅度的延伸、凸现、变形和增殖，衍变出各种各样的杂交混合体，如新杂耍戏剧、结构主义戏剧、后结构主义戏剧、环境戏剧、模仿戏剧、超现实戏剧、纪实戏剧、形体戏剧、舞蹈戏剧等。除了自由发展的主流戏剧外，边缘文化的戏剧群落也开始发展起来，如女性戏剧、同性恋戏剧、亚裔戏剧、拉丁裔戏剧、黑人戏剧等。

　　第二次世界大战后，"机遇剧"开始在美国流行。机遇剧的主要宗旨是打破传统的戏剧形式，让观众能身临其境地、更为直接地接触作品，具有很大的即兴性，演员们在没有舞台、没有传统观众席的建筑或空间中进行演出。后来，谢克纳提出了"环境戏剧"这一概念。

　　环境戏剧的核心观念是戏剧应利用一切能够加以利用的空间，它既是一种戏剧主张，也是一个空间概念，从某种程度上来说也可以看成一种训练方法。环境戏剧，在谢克纳看来，指的是除房间界限以外的一切剧场形式。他为此制定了六项原则：

　　（1）戏剧事件包含一整套相关的事务，如演员、表演文本、剧情说明或剧本（大部分情况下）、观众、情感刺激、技术人员、制作设备、建筑附属物或空间划分、剧场工作人员，等等。

　　（2）任何空间都可以用来为表演服务。舞台与"观众座位"之间的界限和固定的剧场都应该予以打破，以提升观众与剧作家和演员们共享的感觉，创立一种新型的观演关系。

　　（3）戏剧事件的发生空间既可以是一个发现的空间，又可以是一个完全改变了的空间，即情节可以在一个转变过的空间中，也可在它本身的空间中进行。

　　（4）戏剧要有一个灵活可变的焦点，这样，观众就可以主动地选择或跟随焦点，能够加强戏剧活动的互动性。

　　（5）演员和技术部门各司其职地为戏剧表达发挥作用，戏剧应发挥它能用到的所有语言。

　　（6）不可以把戏剧文本当成演出的出发点和重点，必要的时候可以没有文字剧本。戏剧演出最重要的是抓住机遇即兴演出，要充分创造这种即兴演出的偶然性。

这六条原则反映了谢克纳对阿尔比戏剧思想的继承，只有将戏剧置于观众中并与观众互动，戏剧才能真正实现其价值。环境戏剧否定文本，导演才是戏剧演出的灵魂。

20世纪60年代以来，美国剧场呈现出"百花齐放"的态势，其中，"随机戏剧"（Happenings）最有影响力。这种戏剧否定文本，以随机性、偶发性、片段性为特质，对舞台综合语汇做了创新，具有明显的后现代主义色彩。随机戏剧也称为"总合戏剧"（The Theatre of Mixed Means）或"形象戏剧"（The Theatre of Images）。

杰克逊·麦克劳（Jackson Maclow，1922—2004）、罗伯特·威尔逊（Robert Wilson，1941—）和理查德·福尔曼（Richard Foreman，1937—）是"随机戏剧"的核心剧作家，他们的风格是典型的后现代主义。李·布洛尔（Lee Breuer，1937—2021）在随机戏剧上也是卓有建树。杰克逊·麦克劳被称为"随机戏剧"的领袖。其代表作是《新婚少女》（The Marrying Maiden，1960）。他强调戏剧的诗歌成分，以及语义性、片段性和重复性。在这些方面他比其他后现代主义戏剧家表现得更加突出。

各种戏剧实验层出不穷，在一次戏剧演出中，查尔斯·马洛维兹（Charles Marowitz，1934—2014）为了打破生活与演戏的界限、演员与观众的界限，曾经把一个身上涂满了奶油的裸体女郎推进观众席，后续剧情如何发展则完全取决于这个女郎和观众的行为。

除了对经典的戏仿，也有很多的美国剧作家喜欢对经典进行解构，把经典故事和重大历史事件结合起来。如，家查理·密（Charles L.Mee，1938—）的剧作《坎那姆洞穴俱乐部中的帝国主义者》（The Imperialists at the Club Cave Canem）、《俄瑞斯忒斯》（Orestes）、《大爱》（Big Love）等。

苏珊·史卓曼（Susan Stroman，1954—）的舞蹈戏剧是对语言的限制和驱逐，为其他的非语言表演形式腾出自由的空间。她热衷于舞蹈戏剧，但是她的舞蹈戏剧既不是舞剧也不是音乐剧，全剧没有歌唱和原创音乐，也很少出现台词，作品的震撼力是依赖于人物时而简单、时而复杂的动作来完成的，而非语言。类似的例子还有美国的蓝人剧团，他们的戏剧类似于杂技的高难度动作，作为组织戏剧的主要表达手段。他们否定文本、情节甚至人物，而重于节奏、音响、颜色和纯粹的动作竞技。20世纪60年代，约瑟夫·察金（Joseph Chaikin，1935—2003）主导创作的《巨蟒》（The Serpent）、《终站》（Terminal）与《夜游》（Night Walk）完全放弃了舞台布景和道具，演员只是一个可以扮演多个角色的表演单位，他们用身体组成蛇的形象，用肢体做出一系列动作来象征人类生命的进程，如相逢、结合、生产和哺育子女、死亡等。

大卫·马麦特（David Mamet，1947—）认为，对话就是戏剧。他的戏剧有荒诞剧的色彩，人物不多，场景和情节都很简单，人物性格模糊，多为二人对话剧，通过对话来影射现实，暴露问题的根源。

《美国天使》（Angels in America，1990—1991）是美国著名戏剧家托尼·库什纳（Tony Kushner，1956—）的作品，它的副标题是"一个同性恋对国家主题的幻想"。剧本将现实、幻想和同性恋场景融合在一起，故事既发生在地球上，又发生于天堂中。剧中人物科恩至死都不愿意承认自己是同性恋，皮特一直梦想着就自己的同性恋身份与上帝、与天使进行较量。这个作品对同性恋问题进行了自我诘问，表达了一种对人类生存状态的深切思考。

有的剧作家把人最隐私的东西放到舞台上，全裸演出的戏剧层出不穷，如丽贝卡·吉尔曼（Rebecca Gilman，1964—）的《蓝色波浪》（Blue Surge，2003）、阿尔比（Edward Albee，1928—2016）的《宝贝的戏》（The Play About the Baby，1998）等等。裸体演出迫使观众在戏剧舞台虚构中直面现实，剧作家就用这种极端的方式来观照人的自我属性，这和荒诞派戏剧的荒诞观在目的上是完全一致的。

反叛是后现代戏剧最直接的表达，更确切地说，它是一种思潮。有的学者认为，后现代主义戏剧只是戏剧艺术的一种生存形态，是带有实验性质的戏剧空间，目的也只是探讨戏剧的使命，以及如何才能更好地进行戏剧表达。

后现代戏剧对现实主义戏剧的反叛，在经历了三十年的发展后完成了历史使命，现实主义戏剧再一次成为戏剧的主流。这主要是由于后现代主义戏剧自身无法克服的"形式大于内容"的痼疾，它抛弃文本，否定对话，导致剧情破碎。对戏剧空间的实验性做法模糊了戏剧和生活二者之间的界限。其反逻辑的思维导致了剧中"人物"及"性格"的破碎，失去这些关键因素的舞台戏剧失去了内核，只剩下形式，尽管这是为了表达一种存在的非常状态或人生的困境。

后现代戏剧对文本的否定和对导演精神的提倡，戏剧实践中对经典的解构和颠覆让很多观众感到困扰甚至憎恨，这就注定大多数的观众无法认同后现代主义戏剧，这也是后现代主义戏剧不会走太远的根本原因。在后现代戏剧式微之后，现实主义戏剧再次成为西方戏剧的主流。不过，这个新时代的现实主义戏剧也有了发展和变化，它在吸纳了后现代戏剧实验成果后，在内容、内涵、文本上焕发出了强大的生命力。这种"新现实主义"戏剧实现了在精神上回归生活、形式上适宜变换的重大发展，焕发出新的生机。

七、爱德华·阿尔比（Edward Albee，1928—2016）

爱德华·阿尔比是美国著名的剧作家，曾经在 1967、1975 和 1994 年度三次获得普利策戏剧奖；在 1963、2002 和 2005 年度三次获得托尼戏剧奖，其中 2005 年获得托尼特别奖戏剧终身成就奖。他的代表作有《贝西·史密斯之死》（The Death of Bessie Smith，1959）、《沙箱》（The Sandbox，1959）、《美国之梦》（The American Dream，1961）、《谁害怕弗吉尼亚·伍尔夫？》（Who's

Afraid of Virginia Woolf?，1962）、《微妙的权衡》（A Delicate Balance，1966）、《海景》（Seascape，1975）、《三个高个子女人》（Three Tall Women，1994）等。

阿尔比是荒诞派剧作家，擅长表现人的孤独和痛苦，他的戏剧对白发人深省，语言辛辣尖刻，擅长使用夸大、暗喻、象征等表现手法，来描绘美国社会和生活，对西方社会价值观念有一定程度的否定和背弃。

《谁害怕弗吉尼亚·伍尔夫？》是个三幕剧，剧中故事发生在某天深夜，没有故事情节，剧中人物只有两对夫妇。乔治和玛莎夫妇已经结婚23年，却经常互相谩骂。一天晚上两人喝得半醉，玛莎唱起了，她把童谣"谁害怕大灰狼"唱成了"谁害怕弗吉尼亚·伍尔夫"，因为英语"伍尔夫"和"狼"谐音，加上弗吉尼亚，成了英国现代杰出的女性主义作家，暗含对男性中心主义的批判。玛莎唱着唱着就开始辱骂乔治。这时候，另一对夫妇尼克和汉尼来访，他们在一起聊天、戏谑、挑逗、互相攻击。该剧表现了处于社会中上层知识分子的苦恼和困扰，人与人之间的无法交流和孤独，由此引起的精神苦闷。

戏剧中，两对夫妇在表面上都是"核心家庭"的代表，实际上他们只是在表演自己的性别身份。玛莎对自己的性别角色的"戏拟"是对男性中心主义的一种对抗，这部剧一开始玛莎就被塑造为一个"缺失"的女性形象：她言语粗鄙且不合逻辑、终日酗酒、无法正常生育，但是她臆想出了一个"儿子"，假装自己符合社会上对贤妻良母的要求标准，凭借假想中自己的行为表演自己女性身份。乔治虽说有才华，但是从社会的角度看他是一个失败者，他也靠着对儿子的幻想来表演自己的男性身份。尼克是男性中心主义的代表，也是"美国梦"的化身，但是他在玛莎以父亲的权势和自己的身体引诱时就缴械投降了，既讽刺了男性中心主义，又指出了"美国梦"的虚妄。阿尔比通过剧中人物的戏拟，颠覆了男性中心主义。

《谁害怕弗吉尼亚·伍尔夫？》中的游戏就其本质是一种"戏中戏"，乔治和玛莎在他们发明的生活游戏中倾情表演。在戏剧的开始，观众就被玛莎和乔治的对话带入了一个臆想的世界，观众相信他们的孩子是真实存在的。后来，阿尔比打破了这种幻想，我们惊奇地发现，他们的儿子实际上是他们想象的产物。因此，它引起了布莱切特提出的"异化效应"，让观众想起了戏剧的虚幻本质。观众的注意力不但关注着乔治和玛莎的内心世界，而且还被转移到他们正在观看的戏剧上，增强了元戏剧效果。

阿尔比的《动物园的故事》(The Zoo Story，1959) 是一部独幕剧，有明显的美国式荒诞色彩。该剧的故事发生在中央公园，守旧的中产阶级知识分子彼得坐在一条长凳上，这时，流浪汉杰瑞走了过来，两个人开始聊天，慢慢地变成了一幕闹剧。故事情节非常紧凑，也没有什么复杂深奥的东西，几十分钟的演出，所有的矛盾冲突都集中在长凳上。该剧主要通过中年出版商彼得和青年流浪汉杰瑞的对话，展现出疯癫和理性之间的矛盾和对抗。"现代社会的文明体制是理性的产物，彼得的主体在现代社会中被知识和权力关系形塑为理性主体，丧失了个人的独立意识和对他人的人文关怀，杰瑞因其孤儿与同性恋的双重身份遭受理性话语的排斥和监禁，被禁闭在住满疯人的现代公寓里，成为疯癫的他者。"[13]

戏剧一开始，主人公彼得正坐在公园的长凳上看书。这时，杰瑞来了，他要找个人交流。他对彼得说，"先生，我去过动物园了"。随着剧情展开，两人谈话中没有出现关于杰瑞去过动物园，是杰瑞向彼得讲述了他父母和阿姨的死亡，他讲述的语气冷漠不乏讽刺的口吻。他这种丧失伦理道德的行为做派，使他具备了"非人"的特点，更像是一只动物。在戏剧结尾处，杰瑞做出了伦理选择，死在了彼得手中的刀上。

本剧的题目是《动物园的故事》，剧中杰瑞确实有三个动物园的故事，通过杰瑞的长独白讲述出来。实际上杰瑞讲述的却又不是真实的动物园，是指人们生活的社会缺乏伦理道德，人们被异化，像动物园的笼中动物似的将自己与他人隔绝。

阿尔比的另一部作品《沙箱》是一部伦理悲剧，由于对亲人的忽视和漠视导致亲情破灭。《沙箱》的情节很简单：父亲和母亲把姥姥架到了海滩上，扔进了沙箱里，还保证姥姥会死去，于是他们就坐等。一个年轻人也对老人的叫唤充耳不闻，在一旁做着体操。乐师默不作声，只是按指令演奏音乐。戏剧的最后，他们如愿以偿，终于等来了他们想要的结果：姥姥死在了沙箱里。

在《沙箱》中，人物失去了名字，没有个人标志，只用"母亲、父亲、姥姥"等。这些代表类别的名词表示的是一类人，不是具体人。可以让观众清楚地认识到他们的伦理身份。伦理身份越清楚，剧中人物对自己身份和责任的背弃就越让观众不寒而栗。

《沙箱》这部剧里有着深刻的象征意义，是这部剧里面最重要的道具，"使人们联想到剧本中所描绘的世界里，普遍存在着奋斗终身，也毫无结果、无出路、无前途的现象。也会使人们想到，让老态龙钟的姥姥躺在婴儿的沙箱中，这无形之中就把她降低到了婴儿的地位。死前，沙箱是她的床，是她能赖以苟延残喘的立足之地；死后，沙箱便自然而然地成了埋葬她的灵柩。这象征着人从一出生到瞑目，一直生活在'箱子'中，生活在社会的一种无形的桎梏束缚之中"[14]。阿尔比将欧洲荒诞派戏剧与美国的现实主义结合起来，开创了美国式的荒诞派戏剧，促进了美国戏剧的发展，丰富了美国戏剧的表现形式。

八、理查德·福尔曼（Richard Foreman，1937—）

美国剧作家理查德·福尔曼崛起于 60 年代末期，他的剧作独具一格，剧场理念和导演别开生面，创造一种怪异失衡的剧场美学。在后现代主义全盛时期，他代表作品有《苏菲亚》（Sophia，1972）、《天使之面》（Angelface，1968）和《罗达在马铃薯异域》（Rhoda in Potatoland，1975）等。进入 21 世纪后，他创作了《诸神在敲我的头》(The Gods Are Pounding My Head, 2005)、《白痴学者》(Idiot Savant, 2009)和《老派妓女们》(Old-fashioned Prostitutes, 2013),等。

1968 年,理查德·福尔曼发表了《本体歇斯底里宣言》,强调戏剧体验的现象学事实(这和所谓"本体"相对应),建立一种能引起"存在"的不断变幻和"自我"构建过程的戏剧。首部本体歇斯底里戏剧(Ontological-Hysteric Theatre)《天使之面》使用一台录音机和最少的道具却大获成功。在剧中,福尔曼直接对观众置之不理,给观众一种即使无人观看,戏也照旧会演下去的感觉。他认为艺术作品应产生火花式瞬间的内在现实性,追求这种火花、这种瞬间不断连续性是艺术的目的。在结构上应该将所有戏剧元素分解为一种原子式、片段的细微结构,灯光、言语、姿势、音响、行动等基本的被感知单位都在这种结构中展示出来。

自推出"本体论——歇斯底里戏剧"后,福尔曼就引起广泛关注。他一手包办剧本创作、舞台设计、导演、演出现场的音效控制。致力于探索个人意识,展现毫无准备、瞬间即逝的当下时刻,把自己在哲学研究和心理学学习中的心得体会在戏剧中加以重组和再现。

福尔曼的戏剧艺术观有着"陌生化"的倾向,对他来说,把平凡的世界里没有经历的事物呈现出来才是可取的艺术态度。福尔曼努力把观察过程破坏掉,挑战观众的先前概念。他喜欢对道具和物件做出奇癖式操弄,以及人与物件的角色倒置,探索身体与物件间的罅隙及呼应。在《苏菲亚》剧中,演员被当作人偶来处理。对白提前用录音机录好,透过剧场的麦克风以清晰缓慢、平板无感情的声调播放出来。

福尔曼的戏剧饱含着各种视觉和听觉冲击。舞台布景不断变换,灯光不断变化,使剧场产生迥异的效果;戏剧演出中,舞台麦克风播放各种各样的声音,如汽车喇叭声、汽笛声、口哨声、爵士音乐等。演出呈现出碎片化,舞台语言简短、不连贯。一切都处在变动中，一切意义都因差异形成的。

九、罗伯·威尔逊（Robert Wilson，1941—）

罗伯·威尔逊在实验戏剧上取得了卓越的成就和声望，被誉为"实验戏剧灯塔式人物"。1976 年他凭剧作《沙滩上的爱因斯坦》蜚声国际戏剧界。其戏剧作品极具特色，是后现代舞台美术的教科书。他的剧作融合装置雕塑、建筑、舞蹈、绘画等艺术于一体，重视灯光、声景、视象的安排，呈现明显的跨界杂糅特点。他的剧作有巨大的影响力，是"后戏剧"剧场改革的标杆式作品，他的戏剧被称为超现实"梦剧"，能令观众、剧评家陷入阐释失语的境地。他的代表作除了 1976 年创作的《沙滩上的爱因斯坦》（Einstein on the Beach），还有 1969 年面世的《西班牙国王》（The King of Spain）和《弗洛依德的生命与时光》（The Life and Times of Sigmund Freud），1971 年的《聋人一瞥》（Deafman Glance），随后几年又连续发布优秀作品，如 1972 年的《KA 山与 Guardenia 台地》（KA mountain and Guardenia Terrace）和 1973 年的《斯大林的生命与时光》（The Life and Times of Joseph Stalin），表现出旺盛的创作欲和良好的写作状态。他的后期作品包括《死亡毁灭与底特律》（Death Destruction & Detroit，1979）、《黑骑士：十二颗神奇子弹》（The Black Rider: The Casting of the Twelve Magic Bullets，1990）、《爱丽丝》（Alice，音乐剧，1992 年）、《胡锡传》（Woyzeck，剧本，2002）等。

威尔逊的作品重感受、轻意义。早在 20 世纪 70 年代，他就开创自己独特的风格。他曾经在舞台上沉默了 7 个小时；他的一出歌剧长达 4.5 个小时，节奏奇慢没有中场休息；他曾经让 Lady Gaga 扮成名画《马拉之死》的样子一动不动在浴缸里躺了 11 个小时。歌剧《沙滩上的爱因斯坦》长达 4.5 个小时，没有中场休息。舞台上的表演、台词、音乐时常处于一种缓慢和重复中，甚至是静止的状态。剧中没有故事，观众不必关注语言，因为语言也没有意义。

威尔逊只让观众看着画面，享受场景、时间与空间的建筑结构、音乐，还有它们唤起的感受。

威尔逊认为，视觉大于文本。他的剧作强调包括舞台、灯光等内容的视觉执行，后加入音乐，最后才引进文本，甚至创作都不一定要有文本。建筑师出身的威尔逊具有非凡的巧思，他把几何式的舞台空间和对哲学的思考建构在一起。威尔逊曾说："无灯光则无空间，无空间则无戏剧"，这反映了威尔逊对灯光元素的高度重视。在他的设计下，灯光不仅可以确立空间，还增加了叙事和表达情绪的功能。在《克拉普的最后一盘磁带》中，灯光自始至终没有照亮整个舞台。演出开始时，灯光只照亮了克拉普的脸，他身后的黑暗却没有半点改变；克拉普在黑暗中踱来踱去，这时，灯光打在涂白的脸与红袜子上面，对比效果非常鲜明。雨线的明暗倒影映在舞台中心的档案柜和书桌上。每一束灯光的细节都在叙说着一个暮年老人的孤独。《沙滩上的爱因斯坦》最后一幕有一个场景，舞台上横着一个巨大的长方形光柱，除此之外一片漆黑。伴随着音乐，光柱的一端缓缓抬起，直到与地面垂直又徐徐上升，这样持续了二十多分钟。这个长方形的光柱代表着威尔逊所喜爱的一种舞台造型艺术：夸张的几何轮廓。在他的戏剧作品中，人物的造型轮廓多由夸张的几何图形组成，如三角形的垫肩、不规则六边形的头套面纱、许多三角形组成的放射状的衣领等，如《爱丽丝》中三角形的头套、三角形的武器、长方形的连体衣裙等。几何图形的夸张程度则各有不同，如将圆锥形的裙撑放大到演员无法行走，或暴露出身体曲线的贴身服装。《波佩亚的加冕》（The Coronation of Poppea）中，三角形硬材料组成的尖锐发散状衣领和夸张圆鼓的裙撑，体现了波碧阿的媚态和野心。

威尔逊对戏剧里面时间和空间的处理独具特色。他认为，戏剧中的时间可以任意拉伸或压缩。他通过形体语言来让时间的轨迹更为明显。表演者超慢的动作和布景、道具缓慢到难以觉察的移动，时间被他任意拉长，这是他舞台作品的标志性风格。一个简单的动作要演员花半个小时的时间来表演出来，如，演员用超慢的动作把杯子举到唇边；在《西格蒙德·弗洛伊德的一生和他的时代》中，一只巨大的纸乌龟慢慢爬过舞台，花了一小时；在《内战》（The Civil Wars，1983）中，一个受伤的战士用了一个晚上独自跨越地平线。"他谨慎地延长了传统的时间和行动，以把形体焦点放在某个瞬间、普通地方、表面上无关但却极有个性的细节上。当来自真实生活的人们和舞者、演员一起扮演历史形象和动物时，舞台上所显现的和现实的区别开始模糊起来。道具和角色几乎令人难以感觉到地在舞台上慢慢移动，形成了奇异的'活人画'。"⑮ 罗伯·威尔逊是使用并置空间的高手，在作品中同时并置多个表演区的做法不罕见。如他的独角戏《血婴》（Baby Blood）中，多个空间被巧妙地并置在舞台上：其中一个空间里，一个婴儿手拿棒棒糖嬉戏；另一个空间里有个戴着红帽子的人和他拿来的烛台和铃铛；一个空间里麦克风播放着鲍伯·迪伦的唱片；第四个空间里牧师在布道。威尔逊《关于"无"的演讲》将舞台分成四个区域：播放电影和幻灯片的长方形场地；凯奇、理查德、查尔和梯子；拨弄留声机的罗伯特和一只狗；弹钢琴的大卫和舞者。还有《睡魔》（Der Sandmann），也是把舞台分为四个区域。这种舞台空间并置的手法打破了传统的舞台中心意义，使舞台碎片化。这些作品不像传统戏剧那样有着整体性的情节、冲突、高潮和叙事重点。其中的线性叙事被消除了，这给观众带来了莫名的紧张感和压迫感。戏剧内容也没有因果逻辑关系。所以观众得到了解放，自由地从一处看到另一处。

"威尔逊的戏剧是以演员动作缓慢出名的，可以看作在'并置'的同时追求'共时性'的一种策略：通过放慢时间，让时间处于停滞，能够让空间得以无限展开和堆积，供观众去沉思和冥想。"⑯

威尔逊通过对时间和空间的变形与操控，生动刻画了人的基本问题和命运。

注　释

① 叶长海．布莱希特与贝克特之后——论叙事体戏剧与荒诞派戏剧剧作理论的发展 [D]．上海：上海戏剧学院。

②温顺．从后现代戏剧与传统戏剧的平行比较看，后现代主义戏剧的文本创新与突破．[D]．长春：吉林艺术学院．

③叶长海．布莱希特与贝克特之后——论叙事体戏剧与荒诞派戏剧剧作理论的发展 [D]．上海：上海戏剧学院

④殷姝双双．导演—演员—身体：现代戏剧三大体系的导演者与演员身体"解放"[D]．上海：上海戏剧学院．

⑤杜隽．美国后现代主义戏剧一瞥 [J]．戏剧文学，1992（8）

⑥刘象愚，杨恒达，曾艳兵．从现代主义到后现代主义 [M]．北京：高等教育出版社，2002：320．

⑦黄立华．英国后现代戏剧非自然时间性 [J]．安庆师范大学学报（社会科学版），2018（3）．

⑧黄立华，英国后现代戏剧非自然时间性 [J]．安庆师范大学学报（社会科学版），2018（3）．

⑨鲁小艳．直面戏剧在中国的接受 [D]．太原：山西师范大学．2017

⑩赵小艳．品特"威胁喜剧"中的闯入者形象 [J]．燕赵学术，2012（4）．

⑪易杰．萨拉凯恩：从存在的悲剧到后现代戏剧 [D]．上海：上海戏剧学院．2010．

⑫毕凤珊．论凯萝·邱吉尔建构性的角色扮演策略 [J]．解放军外国语学院

学报，2013（1）.

⑬左佳，朱蕴轶. 爱德华·阿尔比《动物园的故事》的福柯式解读 [J]. 合肥工业大学学报（社会科学版），2021（10）

⑭郭继德. 阿尔比与荒诞派戏剧 [J]. 外国文学研究，1986（10）.

⑮杜隽. 美国后现代主义戏剧一瞥 [J]. 戏剧文学，1992（8）.

⑯刘艳卉. 从风景戏剧到视象戏剧 [J]. 中央戏剧学院学报《戏剧》2017(4).

第五章　后现代主义小说

　　后现代主义小说这个概念是相对于现代主义小说而言，现代主义小说推翻了现实主义小说奉行的"模仿"表现原则和叙事方式，依然保留小说文学形式的整体性、单一性和封闭性。后现代主义小说则消解了小说叙事的一元模式，呈现非连续性、碎片化、不确定性和多元化的特征。后现代主义小说家质疑传统小说中的整体性和完整性，用情节的开放和不确定的多种结局，解构了传统小说的虚构性，把这种故事的虚假和现实的虚假毫不留情地呈现在读者面前；或把文本分解为片段或小节，破坏故事的逻辑性和完整性，使结构碎片化。现代主义小说是认识论的，现代主义小说是本体论的，后现代主义质疑并试图解释包括艺术本身在内的人类本体状况。

　　后现代主义小说对传统小说的"深度模式"进行消解，将其平面化；人物身份不明，性格模糊；情节结构没有逻辑性、连贯性、完整性，把时间和空间进行杂糅，主题模糊不清。如唐纳德·巴塞尔姆（Donald Barthelme，1931—1989）的小说《气球》（The Balloon，1968）中，一个气球升入空中，飘在曼哈顿的上空，人们谈论着这只气球。它没有清晰的故事情节，也没有明确的人物形象，只有一个气球和一群没有名字的人物，谈论的内容毫无意义。故事发生的时间是"某个早上"，地点是曼哈顿，这个曼哈顿跟地理上的曼哈顿没有任何关系，它可以指任何一个地方，至于"某个早上"，它可以指任何一个时间。

　　罗兰·巴特推崇"零度写作"，他认为，由于代码自身的编码功能和代码之间的相互作用，文学表现出明显的二重性：能指功能和所指功能，能指提供着某种意义。雅克·拉康认为，能指与所指无必然联系，能指只是一串漂浮的"能指链"。后现代小说否认事物的表象与本质之间的区别，消解了符号的能指与所指之间的依存关系，因而，小说纯粹是一种虚构，有些学者认为历史也是一种虚构。

后现代小说对时间的处理呈现出瞬时性和碎片化的特点。在库尔特·冯尼格特的作品《第五号屠场》中，时间延续被完全打碎，故事在片段与片段之间随意地跳跃。文本也表现出显而易见的拼贴特点，文本中嵌入了大量的图画、菜单、外语、典故、语录、新闻报告、广告词等，形成一个大杂烩。约翰·巴思的《迷失在欢乐屋》中，独白、意识流，作者对文学创作的看法大量穿插在故事情节中，是一篇由拼贴画组成的小说。如："七月的阳光里，长毛绒坐垫隔着轧别丁长裤，扎得人不好受。一篇小说开头部分的作用在于介绍主要人物，确立他们之间最初的关系，为主要情节准备场景，如果需要的话，提示戏剧场面的背景…"。巴塞尔姆的《都市生活》（City Life，1971）、《白雪公主》（Snow White，1967）、《亡父》（The Dead Father，1975）等小说中大量穿插着拼贴。

综合说来，后现代主义小说的叙事模式呈现以下特征："元小说"（metafiction）叙事特征；迷宫手法、"互文性"，即模仿、戏仿、拼贴、引证等写作策略；主题、形象、情节和语言等不确定创作原则；语言实验和语言游戏；创作的拼贴画手法。

实际上，后现代主义小说包括许多不同的小说流派，精确定义的概念是件困难的事情，它包括具有明显后现代主义特征的有垮掉的一代（the Beat Generation）、法国的新小说（Nouveau Roman）、黑色幽默（Black Humor）、元小说、魔幻现实主义小说（Magic Realism）等。

"垮掉的一代"是纯粹的文学流派，是二战后质疑和否定传统文化价值观的最重要的力量。该流派对整个西方文化的影响强大深远，是美国知识阶层中权威和主流文化最激烈的挑战者。

新小说派也称为"反小说"，是法国文学界的一种小说创作思潮。这个小说流派在哲学上信奉弗洛伊德、柏格森和胡塞尔的思想，在 20 世纪 50 至 60 年代盛极一时。新小说派反对以巴尔扎克为代表的现实主义小说的写作方法，他们主张从情节、人物、主题、时间顺序等方面进行改革，打断了叙事的连续性，打破了传统的时空观念。力求探索新的小说领域，创新小说表现手法和语言，把语言实验推向极端。新小说从不追求反映现实生活，不塑造典型人物，没有故事情节，没有标点符号。新小说，作品采用多边的叙述形式和混合手段，大量运用场景、细节、片段等表现手法。

"元小说"是一种浪漫式的嘲讽，即叙述者在文本中公开谈论故事行为本身，坦白自己对故事情节的虚构行为，出现了两个层次的文本：对故事的叙述和对叙述行为的叙述。这种方式使故事的意义遭到悬置，写作了游戏。元小说在后现代主义文学中有着巨大的影响力，是一种具有超强后现代主义色彩的小说形式，它破坏了传统小说的线性和因果逻辑的叙事原则，杂糅了其他文学体裁的表现技巧，是对传统小说形式的颠覆和消解。

元小说的突出特点是作家在进行小说创作的同时对小说创作本身进行反思，对小说创作本身加以解释和评判，它是"关于小说的小说"。元小说并非后现代主义的范式或是其中一个子系统，它与后现代主义一样，都是很难用确切、稳定、清晰的概念加以界定。元小说与超小说（surfiction）、自反小说（self-reflexive fiction）、自我陶醉小说（narcissist fiction）、自我生产小说（self-begetting novel）、反小说（anti-novel）这些概念经常混杂在一起使用。"元小说的主要特征首先在于它的自反性，就是说小说必须不断地将自身显示为虚构作品。为了在小说内部寻求小说意义何在，读者、现实乃至叙事理论都可能成为作者讨论的题目。这类小说的作者身兼叙述者、主人公和作者等多重身份，经常自由出入作品，对作品的人物主题、情节等发表评论。"①

元小说创作的一个常见手法是作者常常中断叙述进程，明确告诉读者自己在编故事，抛开故事，顾左右而言他。元小说中故事嵌套和文本嵌套是常见现象。这些不确定的、颠覆式的叙事模式，在许多方面打破了传统的阅读期待。因此，有些批评家认为，元小说从严格意义上说不是一种小说，是文学语言众多功能中的一种，这种功能是文学语言内在特征与批评阐释的辩证结合。

元小说主要运用时空变换、戏仿、拼贴等叙事技巧，通过玩弄语言游戏，暴露叙事行为，揭示小说虚构性本质。

元小说作家在作品之外宣称他们的作品与现实无关，他们更在文本之内直接揭露他们文本的虚构性。如约翰·福尔斯在《法国中尉的女人》的第十三章开头便坦白道："我所讲的这个故事纯粹是想象。我所塑造的人物在我的脑子之外根本不存在。"福尔斯在第四十五章开头这样写道："我已经完全按照传统的模式结束了这部小说。可是，我最好还是说明一下，如果以上的描写确实在上两章里发生过但实际上它是一种想象，并非像你上面所听到的那样如实发生的。"威廉·加斯也在自己《威利·马斯特的孤妻》《隧道》《在中部地区的深处》等小说中暴露出作品的小说虚构痕迹。

元小说家们热衷于玩弄语言游戏，构造出一个语言游戏的文本世界，体现出语言的任意性。巴塞尔姆的《白雪公主》开篇描写一个女人，"身上长着许多美人痣：一颗在乳房上，一颗在肚子上，一颗在膝盖上，一颗在脚踝上，一颗在臀部上，一颗在脖子后面。所有的痣都在左侧，它们大略排成一行"，紧接着作者安排了六个句号排成了一个竖行。巴塞尔姆还在有些文本中不使用标点符号，如同乔伊斯的《尤利西斯》第 14 章和 18 章的一些片段一样，成了词汇的组合。巴思的《迷失游乐园》和加斯的《威利马斯特的孤妻》也是阐释语言任意性的代表性文本。

戏仿（parody）是元小说家们常用的一种写作技巧，又称滑稽模仿。小说家对一些经典文本的情节结构及其叙事成规进行滑稽模仿，保存原有的形式或风格特点，但是代之以新的主题和内容，达到某种特殊的艺术效果。在有些元小说中，小说家将以前的经典文学作品进行完全的歪曲、变异、颠覆或嘲弄，或对原故事的情节和主题肆意改写和夸张，创作出一个全新的文本。巴塞尔姆的《白雪公主》就是对格林童话《白雪公主》的戏仿，童话中的白雪公主被戏仿成了家庭主妇，七个小矮人被改编成了庸庸碌碌的小市民。巴塞尔姆的《亡父》戏仿了索福克勒斯的希腊神话《俄狄浦斯王》，《玻璃山》（The Glass Mountain，1970）戏仿了斯堪的纳维亚的神话故事。玻璃山原本是位于神奇王国的一座陡峭的山，巴塞尔姆在自己的作品中，把这座山移到了纽约十三道街和第八大街的交叉口。

戏仿将传统文本加以改写，进行拉伸、扭曲和变形，这与后现代主义文化语境中的反思与质疑潮流相契合。

拼贴（collage）是将一些本来没有什么关联的事物组合在一起，打破了传统小说文本的整体性、连续性和统一性，产生一种碎片化的感觉。元小说文本就成为杂乱无章、荒诞无序、混乱不堪的碎片组合。威廉·加斯的元小说文本中，夹杂着诗歌、歌词、小游戏、字谜、戏剧、迷宫等，向读者展现了一个多元世界。英国小说家戴维·洛奇的小说《天堂消息》（Paradise News，1991）中，拼贴几乎贯穿始终。小说的第二部第一章以纳伯德的日记形式展开叙事，里面各种时间混乱不堪，内容毫无逻辑关系。第二章，五花八门的材料，如来自各色人等的明信片、短信、请帖等拼凑在一起，以反映他们的旅途、婚姻及家庭生活和在夏威夷的感受。巴塞尔姆的《白雪公主》中各种各样的文字和标点拼贴随处可见。

元小说作家认为，客观世界是混乱而不可捉摸的，没有任何规律可循，拼贴可以打断读者的线性思维，从而认识到传统叙事的虚构性。

除了拼贴，元小说作家们对于文本中时空的安排煞费苦心。他们使用时空变换，或称任意时空，来造成一种时空错乱、因果颠倒的混乱表象。小说通过对叙事的进行、中断、任意变更，彻底打乱故事情节的逻辑，故事中人物出场及活动时空可以是任意的、跳跃式进行。他们还自由地中断文本的叙事将批评随意穿插，展现扑朔迷离的陌生感。如美国小说家弗拉基米尔·纳博科夫，在其小说《微暗的火》第四章里现身评论："现在我要说……诗人向往的情调远远胜过那肥皂泡沫；灵感连带它那冷冰冰的火花，猝然浮现的现象，即时的词句，给肌肤带来了阵阵涟漪三重波，使人惊喜交加，汗毛根根倒竖，宛如那生动的大型广告上面我们的乳膏撑起那刈除的须髯。"福尔斯在《法国中尉的女人》文本中评论："正如有经验的马贩子具有相马能力一样，一眼便可分辨出良马或劣马。或者说，让我们跳过一个世纪，她心里似乎天生有一架计算机。我特意用'心'这个字，因为她是用心灵不是用大脑来对价值进行计算的。"

在 20 世纪六七十年代的美国，出现一种新的后现代文学流派——黑色幽默，它是一种荒诞的、病态的文学样式。它把悲剧加以喜剧化，以绝望的幽默嘲讽社会、戏谑人生，以冷漠超然的态度对待人生的悲剧，把痛苦与欢笑、残忍与柔情杂糅在一起，对自己进行苦涩的自嘲。

黑色幽默文学在 20 世纪六七十年代兴起发展起来。美国动荡不安的社会环境是黑色幽默产生、发展和兴盛的根源。当时麦卡锡主义在美国甚嚣尘上，政治气氛压抑；美国深陷越南战争的泥潭，国内反战情绪高涨，社会动荡不安，传统的道德观念遭到质疑。"黑色幽默"作家着力描写世界的荒谬和社会对个人的压迫，把社会环境和个人之间的不协调加以放大、扭曲，实现对病态社会的辛辣嘲讽，使它显得更荒诞不经、滑稽可笑，只是这种嘲讽显得沉重无奈。它用喜剧形式表现悲剧内容，幽默中透露的是绝望。

黑色幽默作品中没有严格意义上的正面人物和反面人物的区分，他们只暴露出人性的荒诞与丑恶：性格懦弱、逃避责任，又走在潮流的反面，呈现出一种"反英雄"的形象。黑色幽默小说中塑造的人物形象怀疑一切传统价值，他们的这种命运有着无可逃避的宿命色彩。

　　"黑色幽默"小说的后现代性主要表现为形而上的主题思想、寓言化的故事情节、歪斜抽象的人物形象、滑稽幽默的喜剧风格四个方面。黑色幽默作家主要有托马斯·品钦、约瑟夫·海勒（Joseph Heller，1923—）、库特·冯尼格特、约翰·巴斯等；主要作品有《第二十二条军规》（Catch-22，1961）、《万有引力之虹》、《第五号屠场》、《冠军早餐》（Breakfast of Champions，1973）、《迷失在欢乐屋》和《烟草经纪人》（The Sot-Weed Factor，1960）等。

　　黑色幽默文学作品中塑造的社会充斥着虚幻和欺诈，在这样的社会中，"千人一面"，"千人一命"，个人的命运早已注定，挣扎于社会的泥淖中，但是他们以局外人、边缘人、漂泊流浪者的态度对待自己的处境，表现出一种匪夷所思的荒谬的"旷达和超脱"。如库特·冯尼格特（Kurt Vonnegut，1922—）的《第五号屠场》中，对二战时期德累斯顿大轰炸所造成惨不忍睹的后果有细致的描写，主人公却以童真的眼光来看待战争，把屠杀和暴力看成游戏，轻松自然地评论道："就这么回事。"传达了生活和生命的一种无价值感、人类对死亡的麻木不仁的态度，更透露出对人生的一种无助的绝望。作者在一个二维平面上描述这些灾难，力图消除历史的时空感，否认人类进步历史观，强调人类与生俱来的宿命性。

　　黑色幽默小说中的故事情节具有整体上的象征性和寓意性，不追求真实性。冯尼格特的《冠军早餐》从多方面具体描绘了人类的贪婪和无知。里面写道："他们不停地吃了一个半小时——汤、肉、饼干、黄油、蔬菜、浇了酱汁的土豆泥、水果、糖果、蛋糕、馅饼。他们实在吃不下了。他们吃得那么饱，连眼睛都瞪出来了。他们动不了。他们说他们觉得一星期之内再也吃不动了。"这种荒诞的场面寓意着对贪得无厌的商业文化的批判，现代社会发展中，大众只注重利益追求，漠视生态平衡，最终陷入恶性循环，导致社会的崩溃。

黑色幽默小说中的人物形象是这种"多余人"与"局外人"的延伸，他们更平庸、更焦虑不安、更懦弱、更狡黠。《第五号屠场》里面的人物都算不上什么人物，要么病弱不堪，要么无精打采。毕利没有个性和意志；罗兰缺乏人性和良知，只热衷于发明各种酷刑；保罗迷恋恐怖的仇杀方式；基尔戈是一个自欺欺人地活着的、笑呵呵的游方郎中。这样的人物形象，有的批评家称之为"歪斜的"人物。这种歪斜抽象的人物形象创造了一种直观上的不和谐，进而批判了历史和世界的荒诞性。

黑色幽默小说打碎了线性叙事方式，以突出人物与外部事件的空间并存性，对时间的变异杂糅形成了颠倒错乱、镶嵌拼贴的组合画风格，这幅由散乱情节构成的复杂场面就是荒诞无序社会的写照。《第五号屠场》中，时间和空间都不是固定的，是随着人的思维变化而变化。主人公毕利的思绪在过去、现在、未来的时间层面和地球和 541 号大众星之间的空间层面中跳跃。在《冠军早餐》整部作品中，插图式的拼贴和文字式的拼贴随处可见，形成了空间上极度混乱无序的特征。整部小说中共有 121 幅图画式的拼贴，诸如，卡车、响尾蛇、牛、河狸、羊、炸鸡、衣服、邮箱、箭头、苹果、墓碑、路标、电椅等插图，还有随意插入的图画、数学公式、报刊新闻的片段、歌词、广告词、标语等，这种安排的目的是用恐怖的场景和凌乱的情节影射社会的荒谬。生活在这样一个社会中无疑是悲剧性的。

"文学世界里的悲剧是人类社会实践主体对人生矛盾与痛苦的主观审美观照的集中体现。这种主观审美观照的依据是历史合理性与人伦不合情的辩证统一。就是说，人类社会中的悲惨痛苦本是人类社会历史的永恒阴影。这个阴影隐含着人类历史二律背反法则下的心灵失落、情感剧痛。这种心灵失落、情感剧痛在文学艺术中的审美表现是悲剧感。黑色幽默小说所揭示出来的现实痛苦与灾难，对于作为人类社会实践主体的叙述人看来已是无须争辩的历史谬误，对这些谬误的主观否定也是毋庸置疑的唯一选择。因此，构成悲剧的历史合理与伦理不合情的辩证统一已经荡然无存，悲剧感因而就无从所生。主观审美观照还依赖于文学世界里，处于矛盾旋涡中的主人公某种英雄主义的选择作为其表现中介。他们或为了推动历史进步而情感受挫、心灵失落，或为了伦理理想而殉难献身，这种主观态度与客观境遇的脱节、断裂终于把构成悲剧感的主观英雄主义完完全全地拆解了。所以．我们就不难理解，为什么黑色幽默小说诉诸人类形而上的灾难命运，其美学风格本应该具有厚重的悲剧意味．却反而呈现出十分浓烈的喜剧性。"②

魔幻现实主义 20 世纪中叶出现在拉丁美洲，后扩散到全世界。魔幻现实主义作家广泛运用时空错序、幻化怪诞、比拟隐喻、象征暗示、自由联想、下意识心理、多人称独白、多角度叙述等手法，把现实和历史、传说融为一体。

魔幻现实主义是一个难以定义的概念。它最关键的特点是在现实主义的叙述中嵌入了魔法的元素——非经验可验证的现象。在任何情况下，这种体裁通常被认为，体现了阈值性——存在、文化和话语之间的差异；因此，在魔幻现实主义中，世界的有限性和可变性不仅被当作一种信仰，而且在一种文学形式中被实现，这种文学形式在现实和魔幻之间不断摇摆，试图消除它们之间的边界。它们与现实主义或幻想的区别只是魔法的数量：如果魔幻太多，小说就会变成奇幻作品；相反，如果没有实际的或魔法太少，它还是现实主义。

最基本的，也许，魔幻现实主义的魔法是为了突出某些现象——爱、痛苦、无意识的欲望、个人或集体的信仰、家庭和公共关系、政治暴行等。

除了现实与魔幻的中心二分法外，还有主题二元论构成了魔幻现实主义：元文本共鸣与政治定位、心灵与领土、神话与历史、原始主义与世界主义、信仰与理性、怀旧与未来主义、博学深奥与通俗。因为魔幻现实主义经常推翻或混杂这些类别，所以它经常被与巴赫金（Mikhail Bakhtin，1895—1975）的狂欢理论（carnivalization）联系在一起。其他魔幻现实主义的技巧包括不同世界的交错，现实和文本的。20 世纪 70 年代，几乎所有的魔幻现实主义小说都涉及两种文化的相互渗透。这种接触区域经常在叙述中产生魔法元素。很多的美国主流小说家如斯蒂芬·金（Stephen Edwin King，1947—）、菲利普·罗斯（Philip Roth，1933—2018）、本德（Aimee Bender，1969—）、凯文·布罗克迈耶（Kevin Brockmeier，1972—）等都运用大量的魔幻现实主义。

在英国，后现代主义小说的写作方式最早可以追溯到 18 世纪的《项迪传》，20 世纪，乔伊斯的《尤利西斯》（Ulysses，1922）就有明显的后现代主义特征。《芬尼根的苏醒》（Finnegans Wake，1939）标志着后现代主义新纪元的正式开始，这部作品实现了从以自我为中心的现代主义向以语言为中心的后现代主义过渡。

《芬尼根的苏醒》对语言和文本的实验达到了无以复加地步，乔伊斯不仅采用了一种奇特的"梦语"，而且使用了任何他认为可用的素材，创立了一个令人永远无法走出的迷宫，这是一个本体上独立的、封闭的小说世界，体现一种本体论的创作风格。

第二次世界大战对人类的心理产生了巨大的毁灭性冲击。如果说第一次世界大战后人们对理性还存有一丝幻想，那么二战无与伦比的破坏力让最后一丝幻想荡然无存。战争中惨绝人寰的暴行和战后的满目疮痍，使小说家对社会与人的本质产生了怀疑，实验主义小说用离经叛道和标新立异的手法来表现幻灭意识和绝望心理。二战期间，威廉·戈尔丁在英国皇家海军服役，战争直接影响他以后的文学创作。1954 年，戈尔丁出版了《蝇王》。《蝇王》具有浓厚的后现代主义气息，故事讲述了一群孩子在孤岛上的生活。最初，他们按照现代文明制定了生活中的规则并遵守执行，到了后期，人性中潜伏的兽性与暴虐在小岛上这个与世隔绝的环境里慢慢爆发出来，文明演变为互相残杀。《蝇王》对传统主题进行了解构，对常规寓言形式进行了改写，运用互文与反讽，加深小说的后现代主义色彩。

20世纪60年代，精神危机在英国的社会上困扰着人们，工业社会的发展对人们精神、价值观与信仰的异化使人们的生存面临重重危机。劳伦斯·杜雷尔（Lawrence Durell，1912—1990）于1961年发表了系列小说《亚历山大四重奏》（The Alexandria Quartet）。小说由四本组成并联系紧密，又互相矛盾，多变的笔法影响和改变着读者对作品的理解。作者尝试着把爱因斯坦和弗洛伊德的理论应用于作品中。1962年，安东尼·伯吉斯（Anthony Burgess，1917—1993）出版的长篇小说《发条橙》（A Clockwork Orange）颠覆了传统的英雄形象，塑造了一位反英雄主人公形象——亚历克斯。小说中，亚历克斯是个问题少年，无恶不作，被捕入狱。为得到释放，他自愿参加一项实验，作为一项人格治疗——"厌悲疗法"的实验品。而后，他得以重返社会，却发现自己已经与社会格格不入，自己不过是上帝手中的一只"发条橙"。小说描写了一个信仰缺失的社会，在这个社会中，人们饱受幽闭、精神死亡、虚无和异化等精神危机的折磨。

1962年，多丽丝·莱辛（Doris Lessing，1919—2013）发表长篇小说《金色笔记》（The Golden Notebook，1962）。2007年，多丽丝·莱辛获得诺贝尔文学奖，颁奖词称《金色笔记》为一部先锋作品，是20世纪审视男女关系的巅峰之作。小说叙述了五本互相穿插的笔记本，描写了20世纪50年代现实社会的动荡不安和人们精神世界的迷茫和痛苦。小说叙事采用了多重结构，这与作品的多重主题相对应。《金色笔记》运用后现代的小说写作技巧，如戏仿、拼贴、蒙太奇等手法，来展示混乱、分裂、迷茫、多重的人物性格，表现了现代西方人精神世界的困惑与重重矛盾。小说主题和人物性格的不确定性，使小说看起来缺乏内在的逻辑性和连贯性，读者常常游离于现实与虚构之间。

约翰·福尔斯在1969年发表了小说《法国中尉的女人》，对小说形式进行了探索和实验。是一部著名的后现代主义小说，它并非彻底摒弃传统，是把实验主义和现实主义融合在一起。小说虽然沿用了维多利亚时期的语言，但是在主题和叙事技巧上体现出明显的后现代主义特征，它的"自反性"使这部小说更具有元小说的特征。除了《法国中尉的女人》《收藏家》（The collector，1963）、《巫术师》（The magus，1966）、《丹尼尔·马丁》（Daniel martin，1977）都体现了后现代主义语境下的实验性特点，其中，《法国中尉的女人》《巫术师》是最能体现元小说因素的两部作品。

小说家约翰逊（B. S. Johnson, 1933—1973）是个激进的后现代主义作家。1969年，他发表小说《不幸者》（The Unfortunates），这部小说以散装活页的形式，装在盒子内，封皮可移动，全书共27章，结构松散，读者可以重新排列或任意组合，随意进行自由的阅读。这是一种游戏性的叙述方式，读者从这种阅读中得到别样的体验。其写作的主旨是把后现代文本当作一种"语言构造物"，结构为网状，不是线性的。可以从任意地方开始阅读或停止阅读，不必去深究文本背后的东西，重要的只有读者自己的阅读体验。《女管家精神正常》（House Mother Normal）发表于1971年，是约翰逊的代表作。小说中，9位老人居住在同一幢房子内，在一个夜晚，他们的意识纵横交错、此起彼伏。小说中还不时用空页来表示人物头脑混乱、心脏病发作或失去知觉时的心理状态，这种手法被称为"异端印刷体式"（typo-graphical ecoentricities）。

从20世纪70年代开始，英国文坛上涌现了新一轮实验风，它不再是以现实主义为基础的实验，是在实验其他写作风格时，对现实主义进行了更彻底的颠覆。

马丁·艾米斯（Martin Amis, 1949）擅长运用"角色倒置"来进行解构，如性别身份中的中心和边缘、自我与他者的二元对立关系等；他利用"时间倒流"的手法消解传统的时间观和意义观，如小说《金钱》（Money，1984）、《伦敦场地》（London Fields，1989）、《时间之箭》（Time's Arrow，1991）、《信息》（The Information，1995），等。格雷厄姆·斯威夫特（Graham Swift,

1949—）的作品里没有明确的主人公，给读者的感觉是每一个叙述者都是主人公；每个作品出现了多个主题，这些主题不是泾渭分明，所以，他的作品呈现出零散化的特征，如《杯酒留痕》（Last Orders，1996）。伊恩·麦克尤恩（Ian McEwan，1948—）擅长在小说中运用时空交错、多重视角、现实与虚构的杂糅、互文性等后现代叙事策略，如《时间中的孩子》（The Child In Time，1987）、《黑犬》（The Black Dogs，1992）、《赎罪》（Atonement，2001）等。《赎罪》运用多重视角叙事技法，以四个不同的历史片段为叙述内容，以多元繁复的叙述策略讲述一个关于爱与赎罪的故事：第一部分的叙事，采用全知全能的第三人称视角，讲述 1935 年夏天，发生在英国庄园的事情，在用第三人称他者叙述客观表现这一切的时候，又穿插使用了第一人称"我"的叙述；第二和第三部分，分别以布里奥妮和罗比的有限的第三人称视角，讲述他们在 1940 年的二战期间跨越阶级的恋情和战争所带来的灾难和创伤；第四部分，作者让布里奥妮以第一人称叙述者的身份讲述她对赎罪和自我救赎的感受，表达了主人公们纷乱复杂的内心世界。2017 年，诺贝尔文学奖得主石黑一雄（Kazuo Ishiguro，1954—）由于自己的身份，成了一个介于英国和日本之间的文化使者和话语中枢，他擅长运用后现代写作手法对社会、民族和历史进行书写。石黑一雄的所有作品中都有浓厚的记忆书写，他不刻画英雄形象，是书写各个时代里普通人的生存境遇。因此，他的作品里有一种忧伤感，透露出石黑一雄对后现代社会人文的关怀和思考。他把不可靠叙事运用到他的小说《群山淡影》（A Pale View of Hills，1983）中，小说不断切换叙事视角，干扰叙事者的回忆，让叙事者在回忆与现实的交替中虚构出一个乌托邦的世界，让读者在小说构造的阅读障碍中对现实进行思考。

艾丽丝·默多克（Iris Murdoch，1919—1999）是英国 20 世纪著名小说家，被誉为"全英国最聪明的女人"。她深受祁克果（Soren Aabye Kierkegaard，1813—1855）、萨特（Jean-Paul Sartre，1905—1980）和西蒙娜·韦伊（Simone

Veil，1927—2017）的影响，她的小说致力于探讨善与恶、性关系、道德困境与无意识的力量，关注和探讨个体的内心生活。代表作有《黑王子》（The Black Prince，1973）和《网之下》（Under the Net，1954）等。《黑王子》讲述了 58 岁的主人公布拉德利，为了创作心目中的伟大艺术作品决定提前退休，去海边度假，寻求灵感。在出发前夕，前妻之弟不期而至，接着，一连串的偶然事件彻底打乱了他的生活，他陷入了无穷无尽的噩梦中，最后冤死狱中。小说用书信体的方式，把真实性和虚构性杂糅起来，采用非线性的多层叙事，对古希腊神话进行了戏仿。这部具有高度哲学与艺术成就的小说，作者建构着自己的叙事世界，又对之进行解释或评论，把自己建构的世界进行了解构，戳穿了自己的虚构，颠覆了传统小说的叙事传统。

"迄今为止，英国后现代主义小说依然是一个开放的、未完成的文学品类，仍有不少后现代主义小说家在继续进行创作。这表明英国后现代主义小说具有强大的生命力和发展空间，将随着时代的推进得到更大的发展和充实"[3]。

英国有着悠久的现实主义传统和保守文化，美国是一个新兴的国家，没有沉重的历史重负，后现代主义在美国比在英国更流行。

在美国，"垮掉的一代"的文学作品已经表现出明显的后现代主义特征。杰克·凯鲁亚克小说《在路上》是"垮掉派"小说的经典作，小说塑造了叙述者萨尔和萨尔在旅行途中不断偶遇的几十个人物，这些人物个性不同，经历各异，都有自己的故事，但他们有一个共性，即叛逆、混乱、野性。叙述支离破碎，没有明显的线索。书中体现了作者的创作主张：即兴式或自发式的写作技巧，是把思绪的自然流动记录下来。书中使用了反情节，大量用俚语、俗语、不合语法规范的长句等。威廉·巴勒斯的《裸体午餐》描述一个毒瘾者漫游纽约等城市的故事，是一部影响巨大的名著，被文学史称为 20 世纪最重要的小说之一。作者在小说中批判了美国社会的荒诞、堕落和腐朽，给读者刻画了一个地狱般的美国社会。小说没有一个完整的故事结构，由一个个关于毒品和性的片段组合而成。这种手法被称为"剪拼法"，或"切分技法"。作者将文本写在纸上，将纸剪成大大小小的碎片，这些碎片组成新的文本。《裸体午餐》通过"非人化"的变形向读者呈现了一种变形式的暴力美学。这部小说里有很多色情描写，但不是一部色情小说，里面的猥亵性色情书写是对社会的反叛，在五六十年代的美国社会，同性恋不为社会所容，这种大胆的猥亵描写就意味着反抗。小说里，"垮掉派"文学反映了美国的社会现实，控诉资本主义制度对个人的压迫，也愤怒声讨了麦卡锡主义的政治高压和民众的反抗，小说否定了美国社会的价值标准，提出了对新生活方式的追求。

在美国"漫长的 60 年代（1958—1975）"，社会、政治、经济和文化的动荡催生了如火如荼的文学实验，"元小说"大行其道，著名的元小说有巴勒斯的《软机器》、纳博科夫的《微暗的火》、巴塞尔姆的《回来吧，卡里加利博士》、布劳蒂根的《美国钓鲑记》、霍克斯的《第二层皮》、品钦的《拍品第 49 批》、巴思的《迷失在欢乐屋》、《威力·马斯特斯孤独的妻子》、冯尼格特的《第五号屠场》、库弗的《Noir》（2010））、苏肯尼克的《小说之死短篇小说集》、费德曼的《加倍或一无所有》等。

70 年代中期，美国的后现代主义小说创作进入空前活跃阶段，涌现出一大批优秀的作品，如托马斯·品钦的《万有引力之虹》、约瑟夫·麦克罗伊（Joseph McElroy，1930—）的《当心子弹》（Lookout Cartridge，1974），威廉·加迪斯的《小大亨》（JR，1975）以及唐·德利洛（Don Delillo，1936—）的《拉特纳的星球》（Ratner's Star，1989）等。这些作品掺入大量现代科技、文化、经济和军事知识，来反映当今纷繁复杂、包罗万象的世界。他们在小说的叙述形式和谋篇布局上费尽心机：怪诞的开头、消失的中心和难以捉摸的结尾等。

70 年代下半叶至 80 年代，美国后现代主义文学的形式实验开始退潮，通俗化的因子占有的比重愈来愈大，严肃文学与通俗文学的界限愈加模糊。如加迪斯的《木匠的哥特式房子》、库特·冯尼格特的《蓝胡子》、凯西·阿克的《远大前程》和《堂吉河德》和吉布森的"蔓生都市三部曲"、保罗·奥斯特的纽约三部曲为侦探小说。

在这一时期出现了很多才华卓著的女性作家，她们从自己的文化和性别身份出发，创作了大量的优秀小说。汤亭亭（Maxine Hong Kingston，1940—）是美国华裔女性文学的领军人物，她的《女勇士》（The Woman Warrior，1976）、《中国佬》（China Men，1980）和《孙行者》（Tripmaster Monkey，1989）三本小说被看作是解构华裔美国人历史的三部交响曲。在该小说中作者采用实验性写作手法，通过改写和戏仿中国传统文化、风俗习惯、经典著作和西方文化，对传统小说的线性叙事结构进行了解构。黑人女作家托尼·莫里森也登上文坛并获得诺贝尔文学奖。她对种族主义、后殖民主义和女性主义的叙事赢得了人们的尊重。主要作品有《最蓝的眼睛》（The Bluest Eye，1970）、《秀拉》（Sula，1973）、《所罗门之歌》（Song of Solomon，1977）、《柏油娃》（Tar Baby，1981）和《宠儿》（Beloved，1987）等。莫里森的作品充满魔幻现实主义的神秘因素，她对黑人传说和神话的描述以及对超现实元素的使用，使她的小说蒙上了一层奇幻色彩。代表作《宠儿》创造了一个"叙述迷宫"，其多线、晦涩和神秘的叙事，开放式的结局打破了读者的期待视域。小说文本中时间错位、扭曲和浓缩，完成了心理学意义上的回顾重构，莫里森给读者打开了进入"重现回忆"的集体潜意识之门，让读者与小说人物一起回忆过往，祭唱亡灵，使小说呈现出奇特和迷幻的色彩。莫里森小说的语言优美，充满了诗化的意境，"表现出一种与乡土自然紧密相关的抒情性、一种浓厚的牧歌情怀、一种对非洲传统文化的守望和对自然之根的寻求"④。莫里森的另一部小说《慈悲》（A Mercy，2008）采用了第一人称叙事和第三人称叙事相结合的手法，使故事情节扑朔迷离，再加上多个故事碎片的拼贴，体现出明显的后现代小说叙事特征。《慈悲》描写了四位女性的人生经历，刻画了她们的种族信仰和文化观念的碰撞，以及不同种族的女性之间的包容和支持。作者把故事背景放在殖民地时期，这一背景体现了作者对种族和女性的超越。她不再把目光局限于对黑人文化的回忆与重构，而是上升到对整个人类文化的建构，更具有普世意义的文化价值。

80 年代出现了"雅皮"（Yuppie）小说，它反映了城市年轻职业者的精神风貌及其社会困境。Yuppie 是 Young urban professionals 的缩合词。"雅皮"小说主要描写城市白领青年对"美国梦"和理想社会的向往，同时又对未来充满担忧的矛盾心理，从而产生了各种压抑，惊惧甚至幻灭的意识。"雅皮"文学一个最显著的艺术特征是采用没有连接词的句式（parataxis）。这种在主句或从句间、分句或短语间不用连接词的"分离性文体"（disjunctive style）不仅象征着一种失落感以及对待这种失落感的态度，而且也暗示了人物对复杂生活有意回避。"雅皮"文学的代表作是麦克纳尼（Jay Mclnerney，1955—）的《耀眼都市》（Bright Lights，Big City，1984）等。

随着社会的发展，通俗文化的日益强大，后现代主义文学慢慢耗尽了激情，出现了向现实主义的回归。如今的现实主义不复历史的现实主义，是吸收后现代主义创作风格和技巧后的现实主义，如肮脏现实主义。其他的小说类型如集电脑国际互联网（In-ternet）知识和文本自我反映技巧（self-reflexive techniques）于一体的"电脑小说"（cybernetic fiction）、"新科幻小说"（cyberpunk）也粉墨登场。"新科幻小说"又叫"赛博朋克小说"，如刘易斯·辛纳（Lewis Shiner）的《猛攻》（Slam，1990）、戴维·艾丁斯（David Eddings，1931—2009）的《失败者》（The Losers，1992）、奥尔森·斯科特·卡德（Orson Scott Card，1951—）的《迷路的孩子》（Lost Boys，1992），等。"新科幻小说"不再将科幻、智慧物种或宇宙奥秘作为主要的表现对象，把更多的关注投入科学和人的心灵之间的关系与当今高端技术对人性的影响。

1989 年，柏林墙倒塌，冷战终于结束。世界政治环境的变化必然导致文学趣味的变化。2001 年，"9·11"事件给美国人的心理带来了巨大的冲击，以很少有人预见的方式，也永远地改变了美国的社会和文化。很多专家学者重新审视自己的思想，有人认为这次袭击炸死了后现代主义。埃利奥特（Emory Elliott，1942—2009）说，"这可怕一天里发起的袭击事件，以及美国政府就此作出的反应方式，将影响 21 世纪美国文学"⑤。

一、英国后现代主义小说

英国的文学具有悠久的现实主义传统，他们在后现代主义文学上的兴趣和努力没有像他们在现实主义上那样蔚为大观。他们在做出了一定的尝试后，把兴趣更多地放到他们熟悉的传统文学中。著名的英国后现代主义小说家主要有约翰·福尔斯和多丽丝·莱辛。

二、约翰·福尔斯（John Fowles，1926—2005）

约翰·福尔斯是英国当代著名小说家。1950 年毕业于牛津大学，主修法国语言文学。他于 1963 年出版的《收藏家》大获成功。他的作品有《魔术师》（The Magus，1966）、《法国中尉的女人》（The French Lieutenant's Woman，1969）、《埃伯尼塔楼》（The Ebony Tower，1974）、《丹尼尔·马丁》（Daniel martin，1977）。《法国中尉的女人》是福尔斯的代表作，更是后现代主义小说的典范之作。

《法国中尉的女人》是一部集传统历史、神秘小说与后现代主义小说于一体的小说。小说故事发生的背景是英国维多利亚时代，主人公查尔斯出身贵族，他在陪同未婚妻蒂娜去探望姨妈时邂逅了家庭教师萨拉，产生了一系列爱情纠葛。查尔斯从第一次见到萨拉就被她吸引，在萨拉的精心设计下，查尔斯一次又一次地"邂逅"萨拉，萨拉就像个谜一样吸引着查尔斯。他们的故事多发生在海边的森林中，福尔斯称之为"英国的伊甸园"。暗示萨拉对查尔斯的诱惑如同夏娃对亚当的诱惑一样。查尔斯为了萨拉而废除了和蒂娜的婚约，他叔叔结婚又使他对爵位和财产的继承成为泡影，但是萨拉仍不接受他，查尔斯最终身败名裂，不得不自谋新的生活。

相比于蒂娜，萨拉出身贫寒，按照维多利亚时代的社会教条来说，萨拉是配不上查尔斯的。但是，在查尔斯眼里，萨拉是自由的象征，正是这种个性吸引着查尔斯。在查尔斯的内心深处，他对维多利亚时代的成规和社会风俗是持否定态度的。和萨拉在一起，查尔斯更加认识到了他所处的那个时代的虚伪。所以，他毁掉婚约，失去继承权，实际上暗示的是和时代的决裂，他获得的是自由，是认识自我、实现自我个人意志的崭新开端。

这部小说向读者生动描述了"维多利亚时代"独特的社会背景，对这个时代的叙事视角、叙事体例和社会风俗等都进行了高明的戏仿。作者以叙述者的身份站在20世纪的时代来评价19世纪的英国社会："一百年前．由于交通不便，埃克斯特城离首都比今天远多了。当时，那儿就有某些纵欲的恶习，现在所有的英国人都涌到伦敦来享受这种生活了"。这就告诉读者：小说的内容是虚构的。萨拉出场时"穿着一品红的裙子，裙子很瘦，紧紧地捆在身上——还很短…带网的发髻上面戴着一顶卷边低平小帽，小帽的边上插着一束精致的白鹭羽毛"，十九世纪英国的道德风俗，不可能赞成在室外进行这样的着装，妇女们必须穿戴整齐，把身体遮盖得严严实实。这给我们第一印象是萨拉的个人形象与时代发生了错位，虽然萨拉生活在19世纪，却有着20世纪的思想认识与道德标准。维多利亚时代的英国，女性的地位很低。连贵为女王的维多利亚都扮演着"相夫教子"的形象，维护着传统的家庭伦理观念。男性居于社会的支配地位，女性处于性别的劣势，成为受支配被选择的对象，是男权世界的一个"他者"形象。在这一点上，是男性，不是女性，成了被救赎的对象。萨拉对查尔斯的引诱，对单身的选择颠覆了传统的婚姻观念，亵渎了整个英国社会。萨拉，一个众人眼里的堕落女性，对淑女准则的破坏挑战了以男权为基础的风俗习惯、社会秩序和历史宗教习俗。萨拉渴望自由，在追求自由的过程中，表现出强大的勇气和信心，显示了女性特有的表达方式和自由意识，在她对查尔斯的引导上体现得尤其明显。在小说文本中，叙述者把 20 世纪的事物安排进这部发生于 19 世纪小说中，如小说第九章这样写道："她有某种心理分析能力，正如有经验的马贩子具有相马能力一样，一眼便可分辨出良马或劣马。或者说，让我们跳过一个世纪，她心里似乎天生有一架计算机。"

作者的闯入，或称"露迹"，是一种常用的后现代小说表现手法，即作者故意暴露身份来揭示写作技巧及叙述过程的虚构性，向读者祖露文本创作中在技巧、动机和手段上的人为操作痕迹。福尔斯让叙事者查尔斯对其正在讲述的故事加以评论。在第 13 章中，查尔斯说："小说家仍然是神，因为他可以创造一切（即使是有幸成为现代小说先驱的作品，也没能排除作者的意向）。不同之处在于，我们已经不再是维多利亚时代所想象的无所不能、发号施令的神，我们成了新的神学形象，即以自由而不是权威为首要原则。"小说第 55章，叙述者意外化身为火车上的"大胡子"旅客，他目不转睛地盯着查尔斯，想着"当我注视着查尔斯的当儿，我要提出的问题却与上述两个问题无关。我应该怎样写下去呢？我曾想过，就在此时此地结束查尔斯的故事，在他去伦敦的路上我们就永远离开他。但是，维多利亚时代小说的传统模式，不论过去和现在都不容许开放式的、无结论的结尾。我前面已经宣扬过，必须给人物以自由。我的问题很简单——查尔斯所需要的东西是清楚的吗？非常清楚。可是女主人公所需要的东西却不那么清楚，我甚至不知道她身居何处。"然后后面就是大段的对小说写作技巧的讨论，特别指出："小说总是要假装与现实相一致：作家把两种相互冲突的需要安排在一个圈子里，然后就描写这种冲突——可是实际上他安排好了这场冲突，最后让他所赞赏的一方获得胜利。我们在评判小说家时，既根据他们安排冲突的技巧（或者说，根据这样的技巧——能够使我们看不出他们安排过这场冲突），也根据他们在这场冲突中站在哪一方：善良的，悲惨的，邪恶的或滑稽的，等等。"把读者强行拉离了小说的故事情节，进一步地混淆了现实与虚构之间的界线。

福尔斯主张创作要呈现出生活的多面性，要多方面、多角度地去描述各个生活片段。《法国中尉的女人》最突出的一个特征是作者安排了三个截然不同的结局，实现了对传统叙事结构的消解。小说的第一个结局是这样的：查尔斯并没有如读者所期待的那样去和萨拉在旅馆见面，而是选择了与未婚妻蒂娜成婚，这个结局自然是最符合维多利亚时代社会道德要求的。第二个结局是：查尔斯为了和萨拉长相厮守，于是选择了与蒂娜解除婚约，然后历尽艰辛，与萨拉最终重归于好。第三个结局最具有挑战性：查尔斯在克服困难找到萨拉后，却遭到了萨拉的拒绝。此时的萨拉已经决定抛开一切羁绊，取得彻底的自由，完全按照自己的意愿来生活。这个结局应该是萨拉的完美结局。她作为存在主义的代表，始终为自己的信仰而战：追求精神的完整性。在爱情里，这个追求很难达到，因为恋爱成功的前提是要放弃自己的主体性，改变自己，才能进入对方的心里。萨拉不愿意放弃自己的主体性，就不能在拥有完美自由的同时拥有爱情。因此，按照萨拉性格的发展，她最后必将放弃婚姻。萨拉的决定成了查尔斯性格发展的催化剂，使查尔斯认识到这件事情的深刻意义，摆脱了传统和历史的羁绊，获得了新生。

三种迥然不同的结局安排，彻底打破了文本对完整的现实世界的指涉，虚构性暴露无遗，福尔斯通过对传统上单一故事结局的解构，揭示了现代社会生活的复杂性和多元性。

《法国中尉的女人》一个突出的特点是时空变换。小说在第二章交代了查尔斯和蒂娜有了婚约，可是第三章里当伯父时常催促查尔斯早日考虑终身大事时，查尔斯却说："亲爱的大伯，我可并不糊涂。别难过了。我也一直在寻找合适的姑娘，但还没有找到。"第三十一章里写查尔斯在和萨拉幽会时，"他一脸极度痛苦的神色，像一个罪大恶极的犯人在最残暴的犯罪中被当场扭获似的。接着，他转过身，冲出门口——谁知他又闯入了另一个可怕的场景。"可是，作者没有继续介绍这个场景，是聊起别的东西，到第三十三章，才切换到"可怕场景"：查尔斯看到的是仆人萨姆和玛丽正在幽会。时空变换打破了叙事的连续性，让读者跳出了线性的思维模式，将断裂的情节时空衔接，做出理性的思考，体会小说家揭露文本世界与现实世界的本质差异的良苦用心。

《法国中尉的女人》因其在叙事上的革新和突破，使它成为经久不衰的艺术作品，打破了西方传统小说沿袭已久的线性叙事方式，启用了三个叙述者讲故事，这三位目的和职能都不同。三位叙述者从不同的立场叙事，不断解析甚至推翻其他叙述者的表述。由此，小说的虚构性暴露无遗。文本结构的开放式和多元化消解了传统小说闭合式的单维空间结构，增强了小说艺术表现力和感染力。小说中有大量的拼贴，如题记、注释、文学创作理论等。就题记来说，全书80条题记，其中62条题记与文学相关，5条与哲学相关，4条与科学相关。在62条文学类题记中有48条诗歌类题记，其中19条出自阿尔弗雷德·丁尼生的诗歌，10条出自亚瑟·休·克劳的诗歌，9条出自托马斯·哈代的诗歌。5条哲学类题记都和马克思有关，分别出自《资本论》《经济学—哲学手稿》《德意志意识形态》《共产党宣言》《神圣家族》。4条与科学相关的题记源于达尔文的《物种起源》和马丁·加德纳的《灵巧的宇宙》。这些题记和正文相互依存，相互辉映，体现了鲜明的后现代主义叙事特色。

由此看来，《法国中尉的女人》中，作者表达了两种类型的自由。除了萨拉所追求的作品在主题意义上的俗世中的完美自由，另一种自由是指解构强大的传统叙事模式获得的。《法国中尉的女人》在沿袭维多利亚传统小说叙事风格时，通过时空变换、拼贴、戏仿、开放式结局和作者介入等叙事手法解构了传统叙事，揭示了文本的虚构性，使这部小说的艺术特色引起了广泛的欣赏和关注。

三、多丽丝·莱辛（Doris Lessing，1919—2013）

多丽丝·莱辛是英国著名的女性作家，2007年获得诺贝尔文学奖。莱辛于1950年发表第一部小说《青草在歌唱》（The Grass Is Singing），正式进入文坛。莱辛的创作包括长篇小说、短篇小说和数量相当的诗歌、剧本、评论，题材极为广泛，创作手法上多变。她实验性地把现实主义、自然主义、科学主义、内部空间、外部空间、乌托邦、未来派、幻想、寓言、跨文化、后现代主义结合在一起，当年诺贝尔奖评委会称其作品充满怀疑、爆发力和视觉冲击力。

《青草在歌唱》反映了莱辛对年轻时非洲经历所进行的思索。小说中描写了白人主妇与黑人女仆之间的复杂关系，非洲黑人对白人统治的控诉，还有白人殖民者在那块不属于自己的土地上的痛苦挣扎。莱辛早期的文学创作对各种文体都有涉猎，内容多与殖民时代的非洲有关。除了《青草在歌唱》外，莱辛还发表了长篇小说五部曲《暴力的孩子们》（Children of Violence Series，1952—1969）、《玛莎·奎斯特》（Martha Quest，1952）、《恰当的婚姻》（A Proper Marriage，1954）、《暴风雨掀起的涟漪》（A Ripple from the Storm，1958）、《被陆地围住》（Landlocked，1965）和《四门城》（Four-gated City，1969）。短篇小说集《这是老酋长的土地》（This Was the Old Chief's Country，1951）、《短篇小说五篇》（Five short stories，1953，获1954年毛姆文学奖）、《金色笔记》（The Golden Notebook，1962），短篇小说集《一个男人和两个女人》（A Man and Two Women）、《特别的猫》（Particularly Cats，1967）、《简述地狱之行》（Briefing for a Descent into Hell，1971）和《黑暗前的夏天》（The Summer Before the Dark，1973）等。

《玛莎·奎斯特》塑造了一个成长于非洲的英国女孩玛莎形象，她性格叛逆、机智富有同情心，对公正恰当的社会的幻想，使玛莎逃离农场来到了城市，最终成长为一个具有独立思想和时代特征的女性。玛莎是她那个时代暴力的孩子，这个角色是多丽丝·莱辛塑造的最令人满意、最复杂的人物形象。

1962 年，莱辛发表了实验性的小说《金色笔记》，从那时起，莱辛的文学创作上进入辉煌期。如果说在玛莎系列小说中，作者更多的是将女性意识与社会风云联系在一起；到了《金色笔记》，莱辛转向了小说人物的内心世界，实验一种全新的小说创作模式。

《金色笔记》描写了 20 世纪中期的世界风貌，故事的主要发生地是伦敦。小说由一个名为《自由女性》（Free Women）的故事和五本笔记构成。《自由女性》描述了女作家安娜和好友莫莉在伦敦的生活。安娜是一位女作家，婚姻破裂，和小女儿珍妮生活在一起。安娜一方面强烈地希望按照自己的规律生活而不受外界的影响，另一方面她又爱上了一个美国青年作家迈克尔，保持 5 年关系后被抛弃。由于安娜和同住在公寓里的一对同性恋夫妇的矛盾，女儿要求被送往一所女子寄宿学校。现在，安娜独自一人，这使她几近崩溃。莫莉也是一位离异的女性，有一个 20 岁的儿子汤米。这两位女性都曾加入过英国共产党，都因为精神疾病接受过同一位精神分析师的治疗。后来，安娜的心理疾病康复，投身到福利事业，成为一位婚姻顾问；莫莉也再婚了。

《自由女性》的故事相对完整连贯，但是它把安娜写的四本不同颜色的笔记本切割成五个部分。其中黑色笔记描写安娜在非洲的经历。这本笔记分成两部分，一部分题为"根源"，另一部分题为"金钱"，涉及了种族主义和殖民主义；红色笔记写她的政治生活，记录她从 1950~1957 年，参与左翼团体活动和对斯大林主义由憧憬到幻灭的思想过程，和黑色笔记一样，红色笔记也充满了关于暴力的剪报内容；黄色笔记实际上是一部小说，名字叫《第三者的阴影》，系作者基于自己的爱情经历而创作，包含了戏仿、讽刺和杂糅等成分；蓝色笔记是她的日记，记录了主人公精神的轨迹：自己的创作障碍、接受心理治疗的过程、与迈克尔恋爱关系的结束、在共产党组织中的工作，以及与莫莉和自己女儿的关系。详细描述了她自己心理的崩溃和她与美国人索尔·格林的恋爱关系；金色笔记综合了散见存其于她笔记中的各种经历，是作者对人生的一种哲理性总结。

2007 年，瑞典学院将诺贝尔文学奖授予多丽丝·莱辛，颁奖词称《金色笔记》为"一部先锋作品，是 20 世纪审视男女关系的巅峰之作"。

《金色笔记》的核心主题是崩溃，四本笔记与金色笔记的叙事部分互相穿插，形成叙事上的并置关系。小说中各种事件纷繁复杂、纵横交错地并置在一起，隐喻着主人公支离破碎的人生，更是这个破碎时代的象征。

《金色笔记》有两个层面的叙事，主线或外叙事层是"自由女性"的叙事，辅线或者内叙事层是安娜记录的五本笔记，内叙事层与外叙事层形成并置关系。内叙事层是对外叙事层故事的补充说明，内外叙事层并行不悖。

叙事上的并置带来了时空的多重并置。"自由女性"的时间是线性的，五本笔记的时间是现在时态，所以，过去、现在和未来就并置在了一起。作家在作品再版序言中强调《金色笔记》的主题是混乱与分裂，内容的互相分割和穿插体现了多重主题与主题重构的并置。"自由女性"描写的是自由与爱情、单亲家庭的责任问题；"黑色笔记"讲述信仰、理想和政治观念；"红色笔记"描写了社会动乱、死亡、仇恨、暴力、共产主义信仰等；"黄色笔记"探讨了爱情与家庭、第三者问题、小说创作的艺术性等；"蓝色笔记"上升到了爱情、精神分裂、信仰、存在等高度；"金色笔记"涉及了自由、精神整合等主题。各叙事主题交织在一起，通过反复重构，映射着现实世界的混乱与荒诞，人类精神世界的破碎。小说的呈现出了典型的多重结构，以对应于作品的多重主题，表现现代人精神世界的重重矛盾。

《金色笔记》运用了多种后现代小说写作技巧，主要有戏仿、拼贴、蒙太奇等。莱辛通过对生活现象、历史人物和事件、古典名著等进行戏仿，达到对传统、历史和现实的解构。莱辛还大量使用拼贴。小说中在安娜由于"精神分裂"而说话颠倒，句法错乱，时间和场景毫无逻辑。在黑色笔记和蓝色笔记中，这些时空错乱、零散、片段的材料大量拼贴在一起。蓝色笔记中粘贴了大量关于战争动荡的各种剪报，构成了一个开放、异质、破碎的文本。

莱辛以蒙太奇的手法描述了安娜在"精神分裂"世界里的梦境。其中一个梦里是这样的：安娜把一个装有珍宝的匣子交给了在一个长形房间里的人，但这些貌似商人和经纪人的人群不打开匣子就给了安娜一大笔钱。一转眼，这些人物和安娜一起成了安娜写的电影剧本中的人物。她自己打开了盒子，看到的是世界各地的碎片。作者使用蒙太奇的手法让安娜穿越，通过有限的时空来表现她的复杂经历。

这部作品在作者娴熟的写作技巧下，好像是万花筒，给读者营造出20世纪中叶英国社会的现实，以及非洲、政治、写作、爱情婚姻等不同领域的经历。将主人公的多面人生衔接在一起。这种立体叙事结构不但拓展了文本叙事空间，还引导读者参与到作者所搭建的叙事游戏中。

短篇小说是莱辛创作的重要部分。《走向19号房间》，讲述了职业女性苏娜为照顾丈夫和孩子而辞职，最后因为婚姻失败而自杀于旅馆的悲剧，是一部享有盛誉的社会心理小说。莱辛的后期文学创作更多地把关注的目光投向人类的未来，她把传奇故事、科学幻想和太空小说的因素放进自己的小说中，创作主体与风格都产生了极大的变化。

莱辛作品的巨大魅力在于浅显的故事背后所隐藏的深邃意义，厚重的思想、巨大的智慧是莱辛征服读者的原因所在。

四、美国后现代主义小说

由于美国在两次世界大战中的特殊状况，使美国在两次世界大战后国力都出现了长足发展。尤其是在"二战"后，相对于被战火严重破坏的欧洲，美国成为头号资本主义强国。社会和文化出现了空前繁荣。战争的残酷性给人们造成了巨大的心理创伤，传统的道德观念严重扭曲。物质的富裕和精神的贫乏形成巨大的反差，异化现象成为困扰人们的梦魇，作家们把改变沉重现实的理想寄托在作品中，通过研究人性等问题来发掘社会问题，使文学主题得到了深化。

五、约瑟夫·海勒（Joseph Heller，1923—）

约瑟夫·海勒第二次世界大战时期曾在美国空军服役，1962年出版黑色幽默小说《第二十二条军规》，令他一举成名。海勒的其他作品还有《出了毛病》（Something Happened，1974）和《像戈尔德一样好》（Good As Gold，1979）。《出了毛病》描写了美国中产阶级的日常生活，反映20世纪60年代美国社会危机，以及人们所遭受的精神崩溃和信仰危机；《像戈尔德一样好》描写政治权力怎样愚弄一个清高的犹太知识分子。他的创作方法是从超现实的角度，把政治体制中的争权夺利和家庭中的争斗交织起来，以夸张的手法把生活漫画化，揭示现代社会中摧残人们的异己力量。

《第二十二条军规》描写了"二战"期间美国第二十七飞行大队的故事。飞行员尤索林痛恨战争，不想把生命葬送战场，于是他就想尽一切办法逃避上司下发的轰炸任务。但是，按照第二十二条军规，只有当飞行员疯了，他才能停飞。可是，军规还规定：申请停飞必须由飞行员本人提出。这就产生了一个悖论（paradox）：如果飞行员能够自己申请停飞，那说明他精神正常，必须执行任务。第二十二条军规还规定：飞满六十次可以停飞，但无论何时都要执行司令官的命令。由此可见，"第二十二条军规"纯粹是一个"圈套"，主人公根本无法达到目的。

作品运用"黑色幽默"的手法，充分运用逻辑上的错乱勾勒了一些荒诞的故事情节，塑造了一群荒诞的人物形象，反映了美国军队中种种荒谬行径，揭露了战争的真相、现代社会官僚机构的黑暗，以及资本主义社会的"有组织的混乱"和"制度化的疯狂"。现在，"第二十二条军规"早已成为一个日常用语，象征着进退维谷的两难境地。

《第二十二条军规》中对战争的描写及对人物和故事情节的设计是荒谬的，是不真实、不现实的。小说勾勒了一幅漫画化的立体图案，这种变形、夸张的立体图案包含着深刻的意义，它指出了社会制度中的痼疾，反映了官僚机器的残忍本性，暗示了人类历史和社会的荒谬性和悖论性，以及人类无可避免的悲剧性命运。所以，海勒本人也曾说："我对战争题材不感兴趣。在《第二十二条军规》里，我并不对战争感兴趣，我感兴趣的是官僚权力结构中的个人关系。"小说家所要揭示的本质是人类社会制度所孕育出的官僚权力。

作品中有个迈洛中尉，他一直在战争中跟作战双方做生意，他与美军订立合同，轰炸德军防守的一座桥梁，以此获得各种费用；他又与德军订立合同，来保卫美军要炸那座桥梁来获得费用。这个故事打破了正义和善良的虚幻表象，暴露了人性深处的邪恶和贪婪。战争只是表面上解决利益冲突的最终方式，利益才是凌驾于战争之上的总原则。

《第二十二条军规》中还讲述了这样一个故事：有一架飞机不幸坠毁，机上所有人员包括医生丹尼卡均被宣布死亡，但是当时的实际情况是丹尼卡并没有乘坐这架飞机。他四处奔波、跑上跑下地证明自己没死，但是由于官方已经发布了死者名单，因此他无论如何努力，都不能改变自己"被死亡"的事实，甚至好心人还劝他不要轻易露面，以免被火化或者活埋。当他向妻子求救的时候，领到抚恤金的妻子却躲了起来，最后连他自己也开始怀疑自己是否真的还活着。作品用荒诞的笔法将严肃的社会问题和绝望的悲剧境遇转换为戏谑与幽默，将理智和疯狂、严肃和怪诞、清晰和混乱巧妙地结合起来，用喜剧的外壳包裹着悲剧的内核，用引人发笑的情节揭露了美国社会的残酷和荒诞。

在海勒的作品《出了毛病》当中，小说通过主人公的内心独白告诉读者，原来他为了高薪和提升所能付出的代价，他每时每刻都不断地撒谎、欺骗，不断出卖自己的灵魂，在平常的日子里，内心世界中也充满了恐惧和忧虑，日子过得极不安生，揭示了人生本身的不自在、不愉快、不安全、不和谐，从而指认了人生本身的内在苦难宿命。

六、托马斯·品钦（Thomas Pynchon，1937—）

托马斯·品钦是美国后现代主义文学代表作家。1963 年出版了他的第一部长篇小说《V》，后来又陆续发表小说《拍卖第四十九批》《万有引力之虹》《梅森和迪克逊》（Mason & Dixon，1997）等。品钦的作品具有黑色幽默小说的共性。他还特意用隐喻方式把热力学中的"熵"理论引入文学创作，旨在阐明宇宙、人类生活的这个世界和人类对宇宙、世界的认识都封闭在一个巨大的系统里，它的最终结局只有一个，就是混乱、衰退、灭亡和死寂。

不同于以往小说反映意识的做法，品钦的第一部小说《V》转向了语言实验。在小说中，V 可能代表女主人公 Victoria，但她似乎又不只是一个女人，或者可能代表小说中所说的其余一些姓或名以字母 V 开头的人物，"V"还可能表示小说中那些以字母 V 开头的名称，如，污水管道中的一只雌鼠、维苏威火山、委内瑞拉、瓦莱塔等地方的名字。因此，符号 V 什么都是，又什么都不是。莫里斯·迪克斯坦说："这个最后的答案可能只是一种幻觉，或者是令人震惊地证实了一个充满阴谋诡计和不可思议的高度组织化的世界"⑥。符号 V 被用来强调语言的代码功能，品钦在强化语言的代码功能的同时极大地淡化了它的表意功能。

继《V》之后，品钦又发表了小说《拍品第四十九批》。这部被作者掺入大量自传性成分和 60 年代美国社会动乱的描述。小说主人公欧底帕·迈斯千辛万苦地追寻某种神秘的东西和含义。然而，她所追寻的对象就像神秘的 V 一样，是一个没有确定性的东西，是一个既在场又不在场的幽灵，是一个高度隔绝、封闭后的空幻。迈斯所追寻的线索不但没有导向明朗，反而更加神秘、复杂、朦胧，对人类认识论的悲观隐喻得到了进一步的表现。

1973 年，品钦发表长篇小说《万有引力之虹》，小说描写了技术拜物教给现代人带来的人性扭曲和文明断裂。这部小说以第二次世界大战为背景，将百科全书中的内容、侦探小说和报纸杂志中的素材、低级庸俗的印刷品，甚至是算卦卡片上的内容全部掺和在一起。主人公斯洛索普被分解成形形色色的角色，表现出极度荒诞的人性。斯洛索普儿时即被父亲卖给雅夫，雅夫买婴儿是为了作性条件反射的实验对象，用 G 型仿聚合物作为刺激，产生条件反射的勃起。后来这种化合物又被用在了火箭的制造中，这种火箭被德军在"二战"中对伦敦进行了大规模空袭。然而，盟军却发现一个怪现象：美军军官斯洛索普习惯把他性虐他人的地点标注在"性虐图"上，这些地点标注后就随即遭到火箭袭击，从无例外，这令盟军大惑不解，于是，这个喜欢"性虐待"的军官便被盟军委以重任。为追寻导弹，他开始了一连串匪夷所思的旅程，进而，他荒唐地成为众多科技狂人和战争疯子的追杀目标和实验对象。

品钦通过荒诞不经的叙述，描述了现代世界的荒谬和人性的扭曲，科技至上的梦想只是幻觉。人类本质正是被科技的发展所解构。在战争的大背景下，各国疯狂进行科学实验，如利用条件反射来研究控制下属和敌人；以人和狗的唾液进行实验；利用淋巴增生组织通过变异而成的腺样增殖体来吞噬敌人；或者通过操纵刺激和反应的相关性控制导弹等。随着科技的发展，人类的原始欲望也在加速膨胀，最终导致理智和道德的沦丧。人们疯狂地沉迷于肉欲。对于统计学家罗杰而言，V–2火箭的攻击只不过是他的统计学新增的一个"事件"。在该小说的最后，斯洛索普看见天边的彩虹高兴得热泪盈眶，他的身体竟然消解并随风飘散。

《万有引力之虹》被称为后现代迷宫文本。其叙事话语具有这种高度的互文性，里面大量引用了里尔克的诗句。对于纳粹火箭狂人布利瑟罗来讲，里尔克的《杜伊诺哀歌》是他的"《圣经》"，表现他的孤独、黑暗和渴望死亡的内心世界。品钦对里尔克的诗歌借用，形成了一种巧妙的互文。而里尔克小时候被当作女孩来养，与火箭狂人经常男扮女装的形象又形成一种互文，并带来了强烈的反讽。

在该小说中，"彩虹"主要隐喻对生命和死亡的哲学思考。在《圣经》中有个"立虹为约"的故事，是神对人类的救赎和生命的象征，代表上帝之光。在小说中，火箭在天空中划过的一道酷似彩虹的弧线，给人类带来的是死亡的恐怖。火箭飞行的轨迹和彩虹重合，体现了人类以对火箭的盲目崇拜和追寻代替了对上帝的崇拜，那么，自然之虹所象征的上帝和挪亚的誓约便失去了借以存在的基础，救赎和生命必将被人造之虹——火箭所代表的惩罚和毁灭取代。品钦选择圣经中的《出埃及记》作为戏仿的文本，"对于火箭的崇拜一方面显露出火箭的威力，以及火箭所代表的现代技术的威力；另一方面，更渗透着品钦对于现代人痴迷现代技术的嘲讽，因为火箭对于人类的摧毁性更是灾难性的。"[⑦]

这部小说通过对科学与情欲的双重嘲弄，表现了对人类历史与认识的双重嘲弄。小说主人公的结论是：西方文化"可能正在与其本身的死亡相爱"。

品钦的后现代主义小说在当代美国文坛占有举足轻重的地位。他的作品虽然晦涩难懂，但是极具思想深度，如他对于"熵"的探讨，用科学理论去隐喻人类的未来与结局。他的文字风格具有极强的谜语性，使读者会体验到一种迷失感，内容充满了谜题般的嵌套，吸引读者想要一探究竟，最终是无尽的迷失。

七、威廉·加斯（William H. Gass，1924—）

威廉·加斯是语言哲学教授、文学评论家和小说家，美国后现代派作家的代表人物，是首次提出"元小说"这一概念的作家。他的代表作主要是《威廉·马斯特的孤妻》（Willie Masters' Lonesome Wife，1968）和《在中部地区的深处》（In the Heart of the Country，1968）。威廉·加斯热衷于元小说的创作和理论探讨，被赞誉为美国"元小说的缪斯"之一。在文本创作中，他力图打破有序叙事，运用自己谙熟的各种元小说手法，利用衍生出的叙事的离散与聚合张力，于无序和有序的相互作用中建立有自己独特风格的叙事体系。

1968 年，威廉·加斯发表《在中部地区的深处》，这部小说不足 1.5 字，由 36 个独立的小节组成，但各个小节之间没有逻辑性和因果联系。作者随意讲述他在 B 小镇上的所见所闻，叙述上无始无终，没有前后顺序，读者可以随意阅读。相同标题反复出现，如"政治"、"地方""天气""商业""教育""我的房子""人们""电线""一个人""教堂""重要资料"等。这实际上是一种共时叙事，一种断裂式的并置，目的是勾画小镇的整体风貌和时代特征。在"教堂"里有这样一段描写："教堂的尖塔像巫婆的帽子，五只鸽子停落在檐槽上。"然而后面的一段却是与前文毫无相关性的散乱议论，题名为"政治"。里面的人物没有任何目的性地逛着街，嘴里自言自语，情节破碎，结构松散，毫无主题可言。这样，传统阅读观就被消解了，小说情节成了支离破碎的、可有可无的存在。展现在读者面前的是一个用语言组织起来的虚构的世界，从而使小说从传统小说的"真实"桎梏之下解放出来。

加斯笔下的小镇人物只是一个"人影"，是没有明显区别特征的符号。小说中的人物只知其姓，不知其名，如"德斯蒙德太太""派特阿姨""哈雷叔叔"

等。有的人物连作者都搞不准具体情况，如老师"珍妮特·杰克斯小姐"的真名是"海伦斯·科特或詹姆斯什么的。……不对，她不是小姐，她是位夫人——是某某人的夫人"，小说中甚至还充斥着很多幽灵一样一晃而过的名字。这些人物只有人形却没有性格，作者把这些符号化的人影置身于一个名字不确定的小镇上，展示了一个"荒原"般的精神世界。

《在中部地区的深处》的文本呈现出强烈的后现代主义特点，小说中的叙述者表现出多重的身份：他有时候以一个小镇隐居者的身份出现，解释自己退隐小镇的原因，叙述表现为"独语者"；在另一个时候，他又以"对话者"的形象出现在读者面前，对心中的爱人倾诉衷情；换个时空，他又成了小镇的"旁观者"，讲述起小镇的家长里短；或者他又换成了一个"创造者"，对着听众发表诗歌创作的要诀；或者他又成了一个"自反者"，驳斥对"自我"的种种定义。这些印记增加得越多，他的形象就越发模糊。他的那些喋喋不休的内容里哪些是真、哪些是假无从考证，呈现出强烈的不确定性。自反、并置、断裂和递进叙事的运用也非常巧妙，在无序和有序的对抗中产生了离散叙事和聚合叙事的张力。

自我在两性关系中的异化是这部小说的叙事焦点。在主人公看来，爱情是虚构的。他的爱情是失败的，整天沉浸在往事中。他把自己囚禁在房子里，最终扼杀了自己作为一个诗人的创造力。他的邻居德斯蒙德夫人和他具有相似的人格和记忆，按说两人应该有很多的共同语言，但是两人却不能沟通。这两人的自恋和孤芳自赏，导致自身的孤独和人际交往的阻断，作者借助这个故事试图表达这样一种态度：文化霸权主义和文化民族主义带来的文化自恋会阻断交流，交流的阻断必将导致文化的萎缩和灭亡。

加斯的作品《隧道》也缺乏明显的故事情节，是一部抨击时世的力作。小说的叙述者是个中年历史教授，名字叫威廉·柯勒，他几乎在社会生活的各个方面都很糟糕，是个不称职的丈夫和没有负起责任的父亲、不合格的情人，连自己的一点儿野心也实现不了。他刚刚完成一部历史著作，正开始撰写简介，可是，本来比较简单的"简介"却越写越多，怎么也结束不了。最后，作者竟然把简介几乎写成了历史学家自己的历史：充斥着谎言与假象、矛盾与混乱。他一边在地下室挖一条没有终点的隧道，一边沉浸在自己的历史中，困于语言的牢笼中不能自拔。"柯勒的叙事目的就是为了逃避自我的罪恶感，逃避的结果只有一个，就是异化了的荒诞自我。表面上，关于历史的反思是小说的重点，实际上，它只不过是自我异化的遮羞布"⑧。因此，柯勒实际上奉行的是遁世主义，却不能解决自己的异化问题。在《彼得森之子》中，加斯剖析了塞林格家的家庭内部关系，影射了俄狄浦斯情节，揭示了人们的精神危机。在这部小说最后，儿子若热克服障碍，摆脱了父亲的控制获得自由，表达了作者通过主体的积极书写来实现治疗的目的。

威廉·加斯出身语言哲学家，他的作品具有突出的语言实验和哲学反思的特征。他很努力地进行着元小说的理论探讨和实践创作，致力于借助局部的无序混乱来对抗整体有序的全局叙事，他虽然"没有创建一个完整的哲学理论体系，但是却创造了一个充满哲学意义的虚拟世界"⑨。

八、约翰·巴思（John Barth，1930—）

约翰·巴思出生于马里兰州的剑桥，有极好的音乐素养。1953~1973 年，他先后执教于宾夕法尼亚州立大学和纽约州立大学布法罗分校。巴斯深受阿根廷作家豪尔赫·路易斯·博尔赫斯的影响，于 1967 年发表论文《枯竭的文学》，被认为"文学的死亡"的宣言书。在论文中，巴斯认为，当下的文学创作已经枯竭，只有向贝克特和博尔赫斯这些大师学习，大胆改革和实验新的文学形式，才有可能另辟蹊径，挽救文学的死亡。

巴思的主要作品有《漂浮的歌剧》(The Floating Opera，1956)、《大路尽头》(The End of the Road，1958)、《烟草经纪商》又译《烟草代理商》(The Sot-

Weed Factor, 1960)、《羊孩贾尔斯》（ Giles Goat-Boy, 1966 ）、《迷失在欢乐屋》
（ Lost in the Funhouse: 1968 ）、《客迈拉》（ Chimera, 1972 ）、《水手大人末航记》
（ The Last Voyage of Somebody the Sailor, 1991 ）、《曾经沧海：一出漂浮的歌
剧》（ Once upon a Time: A Floating Opera（ memoirish novel, 1994 ）、《故事继
续》（ On with the Story, 1996 ）、《即将发行：一个故事》（ Coming Soon!!!: A
Narrative, 2001 ）、《一十零一夜》（ The Book of Ten Nights and a Night: Eleven
Stories, 2004 ）、《三岔口》（ Where Three Roads Meet, 2005 ）、《发展》（ The
Development, 2008 ）、《思考再三：五个季度的小说》（ Every Third Thought: A
Novel in Five Seasons, 2011 ），等。

《曾经沧海：一出漂浮的歌剧》是巴思元小说的代表作，巴思把自己对
爱与性、生与死的意义的思考，以及对存在主义式的人生探讨融合于其中。
小说中以主人公托德的第一人称叙事方式，以 1937 年那一天的事件为中心，
介绍了从 1900 年诞生到 1954 年写此书的一生。主人公托德·安德鲁斯对父
亲的自杀念念不忘，力图揭露其背后的原因。他对此过于专注，自小就有精
神分裂严重影响他的心理健康，他的生活开始变得虚幻，原来那些他认为，
可以依赖的所谓历史事实和线索慢慢显得不真实，他甚至对父亲是否真正存
在过都产生怀疑。为了从困境中走出来，证明自己存在的真实性，他大量想
象和虚构父亲之死的细节。他与朋友迈克的妻子通奸、在禁酒期酗酒、和妓
女厮混还对情人撒谎、还杀死过德国军官，他的生活中没有任何底线可言，
只有像梦魇一样挥之不去的父亲自缢而死的场景。"在他身上没有一点污渍，
衣服熨烫得笔直无皱，虽脸色铁青，眼球凸起，但头发梳理得整齐。除了那
把父亲坐过的椅子被踢倒，地下室的每件物品都摆放得井井有条。"他做了一
个决定：进入父亲的内心世界来解开父亲自杀之谜。后来，主人公因为严重
的人格分裂而决定自杀。自杀的场所发生在一艘叫"漂浮的歌剧"的表演船上，
托德溜到后台，拧开煤气阀，然后回到表演现场，等待爆炸的发生。而台上

正在表演的也是一场"爆炸"。托德期待着真实的爆炸与模仿的爆炸同时发生。结果，他安排的爆炸并没有发生。托德由此悟到任何事情都没有内在的价值，人们赋予事物以价值这种做法是无理性的。生活就是行动，行动没有什么终极原因，无论活着还是自杀都没有什么意义。

主人公为维护正义与社会公平秩序而追寻的律师梦破灭，司法系统成为黑暗的庇护所和维护少数人利益的工具，这让托德失去了对生活的信仰。内心中理性世界的崩溃和人格分裂，让主人公选择把自杀作为最后的自我防卫手段。《漂浮的歌剧》塑造了一个充满敌意与未知的世界，生活在这样一个世界中无疑是可悲荒诞的。它对存在主义哲学命题进行了双重处理：在呈现人生的荒诞意义的同时，人物自身的经历又反映了命题本身的荒诞性。在这样一个没有信仰和精神无所归依的现代社会中，人对自己、对周围的一切都失去了兴趣。在存在主义看来，自由体现为面对荒诞客观境遇的主观反抗，人通过自己的行动去定义自己的命运。可是在这部小说中，主人公就是这样反抗着荒诞的社会，得到了更荒诞的结果，连自杀都失去了意义。这部小说把虚无主义推向了极致，戏仿了存在主义的理念。

小说呈现了人物对存在荒诞性的体验，表现了后现代社会中人极力追寻自由解脱，又无法摆脱荒诞的生活，只好对权力屈服，精神无所归依。小说里面的场景断裂、矛盾重重，反映了生活的荒诞性、不确定性和零碎性，展现了一个理性崩溃的后现代社会。托德的讲述语言混乱，不合逻辑，连事件的具体日期都讲不清楚。巴斯通过这种对逻辑过程的极端戏弄，表明了讲述的内容不重要，讲述只是证明自己存在的方式。

小说的名字是《漂浮的歌剧》，这是表演船的名字，主人公要写作的小说的名字。托德既是巴思小说的主人公，又是自己小说的主人公。这就形成了双重虚构。

巴思认为，生存、死亡、性或者写作等这些所谓的人生的重大事件，其实都是一种偶然际遇，实质上它们没有什么差别，因此要探索其理由和意义是徒劳的，它们只不过是人生的一种呈现形式而已。就像小说暗示的那样，生活好比一艘表演船，漂浮在无定的水上。小说的文本世界错综复杂，身份的伪装通过追忆和叙述得以实现，而现实与内心真实被伪装的自我割裂开来，用来保护真实的自我。

巴思的《路的尽头》可视为《漂浮的歌剧》的延伸。不同的是，雅科布的随波逐流代替了托德的不断变幻。雅科布去学校申请教职，为了实验一下"教规范性语法"能否对自己的生理和心理疾病有治疗作用，原本不会指望被录用，却顺利地得到了职位。他租房子是满心不希望，却事与愿违，一下子就找到合适的房子，极不情愿地扮演起教师角色。他邂逅了中年女人佩吉，明明对她毫无感觉，还是同她发生了肉体关系。《路的尽头》用鞭挞和嘲讽的笔调刻画了荒唐之极的三角性爱，谴责了这种庸俗、无聊的社会病。主人公不但没有治疗好自己的疾病，却丧失了自我。这是对存在主义自由选择的主体精神的嘲讽和解构。

巴思的小说《迷失在欢乐屋》反映的是自我和异己之间的对话关系。在第三人称叙事中，插入大量的题外话，如作者对自己小说的评论，讲解起标点符号的使用方法等。作者煞费苦心地指证小说创作的虚构性，暗示所谓在欢乐屋中的迷失实质是迷失在语言的神秘网络中。

《曾经沧海：一出漂浮的歌剧》是一部歌剧式自传体小说，尽管巴思声称这是一部自传，其框架、人物、情节却完全是虚构的。这部小说以作者本人的经历为素材，对自我意识的内涵与重要性做出了阐述。在这部小说中，巴斯化身主人公燕麦片。燕麦片是个作家，重复了巴斯早期作品中的主人公的人生。因此，与巴斯早期作品中主人公的成长相比，燕麦片的成长具有空间前置和时间并置的特征。巴斯通过时间并置实现了对盲目迷恋传统的"去合法化"。巴思使用了录音机、摄像机、电脑等多种媒介技术，将各种不同的文体杂糅到一个文本中，文本的结构抛弃了线性叙事采用了开放的网状结构。这部小说反映了电子媒介对巴思文学创作的影响。《烟草经纪商》被认为是对美国历史和英雄史诗典型框架结构的解构和反讽。《三岔口》运用象征、戏拟、双关、文字游戏等元小说手法，揭露了荒诞社会中人生的可笑又可悲的人生境遇。

巴思的创作的确颠覆了小说创作的传统范式，一味追求形式上的标新立异，导致小说的思想性不够深刻。

九、唐纳德·巴塞尔姆（Donald Barthelme 1931—1989）

唐纳德·巴塞尔姆是美国著名的后现代主义小说家。巴塞尔姆在休斯敦长大，大学期间对文学和哲学表现出浓厚的兴趣。

他是一位多产的作家，主要作品包括：长篇小说《白雪公主》（Snow White，1967）、《亡父》（The Dead Father，1975）、《天堂》（Paradise，1986）、和《王国》（The Kingdom，1990）；短篇小说集《回来吧，卡利加里博士》（Come Back, Dr. Caligari，1964）、《无以言表的行径，背离常理的举动》（Unspeakable Practices Unnatural Acts，1968）、《城市生活》（City Life，1970）、《悲伤》（Sadness，1972）、《巴塞尔姆的60个故事》（Sixty Stories，1981）和《巴塞尔姆的40个故事》（Forty Stories，1987）等。

巴塞尔姆的父亲是一位建筑师，他在大学毕业后做了一段时间的休斯敦当代艺术博物馆馆长。他对视觉艺术有强烈的兴趣。他认为，艺术的自我意识不在于重塑或评价它自身之外的东西，是探索自身的媒介如线条、色彩、构图的性质。

巴塞尔姆的小说被称为"实验小说"，最具代表性的是后现代童话。后现代童话故事以传统童话故事为素材，通过戏仿、解构、拼贴、杂糅等后现代主义手法，重构出能够反映现实世界的后现代童话。巴塞尔姆从传统童话故事中截取部分人物和情节碎片加以改写，改写后的情节夸张、荒诞，语言混乱破碎，结尾具有鲜明的后现代主义色彩。

长篇小说《白雪公主》改编自格林童话故事，内容彻底颠覆了格林童话里面的故事情节：白雪公主与七个小矮人化身为当今社会的普通人，同居于纽约的破公寓。七个小矮人的职业是刷洗建筑物和熬制婴儿食品，他们毫无个性、庸俗好色，白雪公主要给他们做饭、陪他们睡觉。她早已厌倦了这样的生活，整天做着白日梦，把乌黑长发挂在窗外，期盼像茛苣姑娘那样得到哪位王子的青睐，王子爬上窗来带她逃离。后来终于来了一个具有王室血统的男子保罗，保罗却丝毫没有王子的勇气，他胆小懦弱，最后因为误饮毒酒死去了。这是一部令人啼笑皆非又具有悲剧色彩的"王子"与"公主"的当代都市爱情故事，揭示出现实世界的反童话本质。

短篇小说《玻璃山》（The Glass Mountain，1970）改编自波兰裔德国小说家克莱特科的童话《玻璃山上的公主》，原著中讲的是一个勇敢机智的王子营救了玻璃山上的公主，最终幸福地生活在一起的故事。巴塞尔姆的《玻璃山》对这个故事进行了戏仿。小说的开头说到"我在设法攀上玻璃山"，这个设法登山的叙述者"我"虽然各种登山装备齐全，却依然胆怯不已。小说中反复描写他机械、笨拙的登山动作，担心忘记带邦迪创可贴而心神不安。在"我"终于爬到山顶后，将公主扔下了山，这一举动瞬间颠覆了读者心中所有的美好憧憬，彻底砸碎了童话故事的最高架构，残忍地告诉读者：童话故事只不过是人们心中的幻想。"唐纳德·巴塞尔姆在面对西方60年代的文化危机和种种社会问题时，选择以后现代童话重构的方式，来拯救文化危机和反思社会现实。这是面对文学枯竭寻找到的一条新出路，又是用来唤醒读者独立思考能力的一种新方式，因为耳熟能详的童话故事便于吸引读者阅读，从而通过解构与重构的体验改变读者固化的传统认知。"[10]

除了对童话故事的戏仿和解构，巴塞尔姆还改写和颠覆了传统神话。如

《客迈拉》（Chimera，1972）就是对阿拉伯神话与古希腊神话故事中的《敦亚佐德》《英仙座流星》《柏勒罗丰》进行的内容与形式上的双重戏仿和重写。神话故事中的主人公到了现实世界中成了普通人：宰相的女儿山鲁佐德变成了一名大学生；英雄帕尔修斯变成了一个正面临危机的中年人；英雄柏勒罗丰也变成了一位想要模仿神话英雄建立功勋的中年人。帕尔修斯爱上了被自己杀死的女妖美杜莎，王后安忒亚为生育神祇而多次诱惑柏勒罗丰，如此等等，把传统的神话故事改编成了具有当代人类社会特征的新故事。

巴塞尔姆通过对传统文化、文学经典的戏仿来吐露他对现实人生的理解和阐释。短篇小说《欧也妮·葛朗台》（Eugenie Grandet）改编自巴尔扎克的同名小说。巴塞尔姆保留了小说中的人物，增添了"弑父"元素，将欧也妮塑造为一个内心压抑的"弑父者"形象。短篇小说《瑞贝卡》改写自达夫妮·杜穆里埃（Daphne du Maurier，1907—1990）的哥特式长篇小说《蝴蝶梦》（Rebecca，1938）。在巴塞尔姆的笔下，瑞贝卡被塑造成虽然具有两面性，却勇敢追求爱情的女同性恋形象。

巴塞尔姆的长篇小说《亡父》戏仿了"弑父"这一传统母题。在这部小说中，一位名亡实存的"亡父"被其子女用电缆拖着，通过母系社会的异国境域，长途跋涉来到墓地，用推土机埋入墓穴。小说戏仿了古希腊神话中俄狄浦斯杀父娶母和美狄亚取金羊毛的故事，还沿用了艾略特的长诗《荒原》对雨的渴求。"亡父"象征传统小说，被埋入墓穴象征着小说传统的被埋葬。在这部小说中，巴塞尔姆赋予"弑父"以新的含义，即并不一定要杀死父亲，而是应该弱化父亲的权威和影响力，也要注意不要使自己成为另一个像"亡父"一样的专制者。

巴塞尔姆有着极为复杂的思想，他对存在主义哲学、荒诞派戏剧和后现代主义思想都有深入的了解，因此他的作品体现了鲜明的后现代思想，包含着深刻的人道主义精神，表现了当今世界的荒诞、非理性和人生的痛苦、无意义。作品中的一切都是不确定的，人在这个不确定的世界中做出的任何选择都是徒劳。

巴塞尔姆在小说里，把行话、黑话、俚语、图像、广告、文本、插科打诨、陈词滥调等极为驳杂的素材杂糅在一起，以揭示其虚构性。如《白雪公主》全书有 107 个小节，长的能有 5 页半，短的只有一行。每个片段独立成页，每页的第一个单词用大写加粗字体表示。有一节的字形是全黑体，还有一节是全斜体。文本充斥着各种语言片段，文学语言与非文学语言混合在一起：深奥的抽象概念、无脑的独白、日常生活用语、心理分析、历史故事、媒体广告、政治宣传等，各种异质的语言片段杂糅交错，令人眼花缭乱。

巴塞尔姆在作品中进行了一系列的语言实验，他采取戏仿、互文、碎片、拼贴等后现代艺术手段，着重于建构新奇的语言风格和独特的小说文体。在《玻璃山》中，巴塞尔姆用阿拉伯数字标记出 100 个小段，不同的小段文本形式都有差异，内容相当丰富。在短篇小说《句子》（Sentence）中，一个始终未完成的句子不断延伸，串联起了 2000 多个英语单词由这些单词所指称的意义。类似的小说还有短篇小说《罗伯特·肯尼迪从溺水中被救起》（Robert Kennedy Saved from Drowning）、《克尔恺郭尔对施莱格尔不公正》（Kierkegaard Unfair to Schlegel）、《丽贝卡》（Rebecca）等。

经典的后现代短篇小说《辛伯达》（Sinbad）中出现了两个主人公：一个是水手辛伯达；另一个辛伯达是 80 年代的美国教师，故事的叙述者——"我"。"我"在课堂上完全进入了水手辛伯达的角色，虽然教室外面空荡荡的，但在"我"的眼里，那里"有华尔兹、剑杖和耀眼炫目的漂积海草"。小说的主人公究竟是谁？两个还是一个？这种似是而非、或此或彼的人物形象呈现出极大的不确定性。

巴塞尔姆的小说《解释》（The Explanation）采用了开放式的情节结构，采用了多重结局并置的手法。在结构上，小说大体上可分为三个部分，每一部分又包含着若干层面，有着若干结局，显得极为复杂。开放式的文本结构还杂糅了旅游、书籍、树木、性爱、文学、艺术、足球赛、人类处境、叙述方式等，呈现出巨大的不确定性。

作为后现代作家的代表人物之一，巴塞尔姆的作品最突出的贡献，在于对传统经典作品的解构和重构，他将神话、传说、童话、历史故事、小说、经典母题等进行改写，把童话世界与现实世界杂糅在一起，创造了具有鲜明后现代主义特征的"后现代童话"，把一个荒诞、无理性的现实世界与痛苦、无意义的人生状态展现在人们面前，让人们获得感悟和警醒。

十、弗拉基米尔·纳博科夫

弗拉基米尔·纳博科夫是一名俄裔美籍作家，1899年出生于俄罗斯圣彼得堡的一个贵族家庭。他曾在英国剑桥大学接受教育，1923年，开始了他流亡作家的生涯，这一时期他主要用俄文创作。1945年，纳博科夫成为美国公民，改用英语写作。存在主义和后结构主义在这一时期的美国有着很大的影响力。存在主义认为世界是荒诞的，人也是荒诞的；后结构主义认为终极的永恒是不存在的，文学的意义在于使用迷宫式结构来表现客观世界的不确定性。

流亡经历对纳博科夫思想的转变起到了巨大的影响。他对俄国政权以革命的名义造成的残暴专制深恶痛绝，他认为，政治专制与民主自由在本质上处于根本对立的两极。纳博科夫痛恨政治专制，追求自由，他选择了后现代主义的书写来表达自己的信念。

纳博科夫开启了美国后现代小说的先河，他的英文小说是典型的后现代主义风格，如《塞·奈特的真实生活》（The Real Life of Sebastian Knight, 1941）、《左侧的勋带》（Bend Sinister, 1947）、《洛丽塔》（Lolita, 1955）、《普宁》（Pnin, 1957）、《微暗的火》（Pale Fire, 1962）、《阿达》（Ada, 1969）、《透明物体》（Transparent Things, 1972）、《看那些小丑！》（Look at the

Harlequins!1974）等。

纳博科夫的小说创作是一种小说文体实验，语言色彩绚丽。他巧妙运用双关、暗示、隐喻、反语、戏仿等写作手法，从语言、叙事结构、小说体式等方面进行了极有价值的创作实验。

纳博科夫小说的叙事结构个性突出。他善于运用"不可靠"叙述者和"非人物"叙述视角，对空间化叙事手法的运用得心应手，形成了"俄罗斯套娃式"和"橘瓣式"小说结构。杂糅性在他的小说中很明显，小说《透明物体》集中了故事、散文、诗歌、戏剧和哲学著作的文体，读者可以随意选择阅读的起点而不影响理解。故事情节并不重要，重要的是透过细节描绘反映出的思想。

纳博科夫把对时间的理解应用在小说中。他用"有机时间"来重新定义"物理时间"，把时间比喻成一条河，过去的事都随着这条河一去不返，无从寻觅，过去与现在之间横亘着一堵"时间之墙"，无法逾越。人无法留住过去，未来又不存在，人困在"现在"时间的牢狱里。因此，由感觉、知觉衍变而来的情感记忆才是人生唯一的留痕，也是唯一能抓住的东西。俄文小说《斩首之邀》（Invitation to a Beheading, 1936）集中体现了对纳博科夫所追求的"有机时间"和"彼岸世界"理念。在这篇小说里，时间只是一个含混不清的概念，隐喻对现实时间的无法把握和时间对人类的囚禁力量。《洛丽塔》也包含着纳博科夫对"有机时间"的理解和话语表述。

在《洛丽塔》中，由记忆、情感、思绪所组成的心理"有机时间"，将亨伯特生理时钟永远定格在了与女孩阿娜贝尔的相恋之时。他早已成年，却依然无法走出自己的心理禁锢。最后的可悲结局诠释了人类受困于"时间之墙"和"现在"时间牢狱的悲惨命运。

《洛丽塔》是纳博科夫的元小说代表作，文本由亨伯特的回忆片段拼凑而成，通过戏仿、文本虚构、身份的元虚构、语言设谜、多重主题、不确定的叙事者和对正常的家庭、婚姻、人伦关系的解构等手法表达了社会的荒诞、不确定性和内在性。

《洛丽塔》中，主人公是大学教授亨伯特，他少年时曾与一个叫阿娜贝尔的女孩有过刻骨铭心的初恋，阿娜贝尔的早逝使亨伯特陷入一个扭曲的心理状态无法自拔。当亨伯特发现12岁的洛丽塔时，所有的情结被激活，为了接近洛丽塔，亨伯特便与黑兹夫人——洛丽塔的母亲结了婚。后来，黑兹夫人遇到车祸身亡，亨伯特终于得到了机会，他把洛丽塔接出了寄宿学校，并占有了她。与此同时，他偏执地限制她与同龄人，特别是男性的交往。最后，洛丽塔趁他生病之际逃离。数年后，亨伯特再次见到洛丽塔，想再次把她带走，遭到洛丽塔的断然拒绝，但是，这时的亨伯特已陷入疯狂状态，他找到当初带洛丽塔逃走的剧作家克莱尔并枪杀了他。亨伯特被捕后不久病死在狱中。

《洛丽塔》在解构婚姻关系的同时，也解构了正常的家庭伦理关系：母亲黑兹夫人同时是女儿的情敌；洛丽塔既是继女又是情人。在这个家庭里，母亲、父亲、丈夫、妻子、女儿的身份完全错位。亨伯特甚至一次次幻想着杀死黑兹夫人，达到占有洛丽塔的最终目的。《洛丽塔》以其畸形的情感、违反伦理的家庭关系，描绘了一种生命的可能性和扭曲的个体道德观。因此，《洛丽塔》要揭示的是人类本能的东西，不是现实。在社会文明的干预下，性这种人类的本能被文化所改造，当文化的力量因为社会的剧变而变得脆弱时，人类的本能就会主宰人的心灵，畸形的社会问题就会暴露出来。小说中，纳博科夫用了近20页的篇幅，来详细地说明亨伯特畸形情感的发展轨迹。亨伯特的潜意识里始终都在等待着命运的召唤。然而，洛丽塔却没反馈给他一个想要的回应，绝望中的亨伯特于是强行带走了洛丽塔。当他最终发现无法永久占有洛丽塔时，亨伯特精神崩溃，枪杀了克莱尔，走向了毁灭。《洛丽塔》揭示了病态的社会心理，尖刻地嘲讽了现代文明对人性的摧残和压抑。

这部小说是关于人性的反思，是人类在本我、自我再到超我过程中的痛苦探索。亨伯特挣扎于"本我"和"自我"之中，精神始终处于崩溃的边缘，只有死亡才能终结他的罪恶，完成自我救赎。

《微暗的火》是纳博科夫元小说的又一部力作，具有明显的解构主义特征和最典型的杂糅文本，也是纳博科夫所有小说中最奇特的一部。它的杂糅性使读者怀疑这是否算得上一部小说。这体现了纳博科夫彻底解构的理念和决心，似乎要将文本彻底解构，要将读者的阅读心理和习惯都解构，将读者拉入小说的创作中来。

《微暗的火》由四大块碎片组成：第一块碎片是"前言"，关于长诗《微暗的火》的出版说明；第二块碎片是一首题名《微暗的火》的诗，这是一首由 999 行诗句组成的英雄双韵体长诗，共分四章，诗人对自己一生的碎片化回忆；第三块碎片是对题名《微暗的火》诗的"评注"，由金波特博士所著；第四块碎片是对"评注"所做的"索引"。表面上，评注与长诗间的关联形成了互文关系，实际上评注与诗句基本上没有多少关系，是一种"不可靠"叙述。"评注"是碎片的记述方式，记录了作者曾经是赞巴拉王国的国王，亡国后辗转奔波，后来又做了华兹史密斯学院的教授。"评注"记载了他在此期间，经历的种种变故和诗人希德被杀的真相。这些碎片化的记忆里还夹杂着叙述者对宗教、艺术、文学和精神分析理论上的见解，以及一些昆虫学和植物学方面的知识。这一部分的文本极其破碎，每一条注释就是一个碎片，这些庞杂的叙事碎片以蒙太奇的方式组合起来，在文本上呈现出叙事时空的颠倒、断裂跳跃和叙事的非连续性。评注在任意撕碎情节的同时又给了情节内在的关联。在第四个碎片——索引部分，注释中出现的人名、地名、事件有着清晰的解释和索引，其信息与评注中的几乎一致，这样就给读者一种真实的感觉。

异化是《微暗的火》中一个核心的观点，与其他异化主题不同的是，这部小说里的人不仅发生了异化，而且人们还乐于被异化：小说中的诗人希德在自己与创作内容之间造成的偏离越大，他就越是满意。小说中的金波特还是赞巴拉王子时，就有同性恋的特殊癖好，这使他无法获得正常的情爱和婚姻，无法生儿育女，但是，王子本人却没有因自己异化的性取向而自卑避人，反而骄狂自负。

对死亡的认知是小说的重要主题之一。希德的独生女儿海泽尔因容貌丑陋而孤独自卑，她在自杀的时候认为死亡是壮美的，人们应该尊重死亡。金波特和希德本是同一人，金波特一直生活在死亡的恐惧中而惶惶不可终日，希德赞美死亡，认为死亡是走向不朽的必然之路。

作者运用互文、象征、戏拟、反讽、象征、模仿、拼凑等元小说的叙事手法，突出了故事的虚构性、不确定性和创作的游戏本质。就小说内容来看，希德的诗歌和金波特的评论是两个完全不同的故事，导致小说的文本出现了两个叙事层。两个叙事层内容的差异因为叙述者的变换而使人物的身份变得不确定，甚至混乱。小说的碎片化结构消除了故事的时空感，而蒙太奇的手法增强了故事的荒诞感。这种碎片化叙事打破了一元中心叙事的传统，将世界看作一个差异化、不确定、多元化的开放系统。

《微暗的火》被后世列为元小说的典范，迷局的设置使这部小说的文本变得多义和模糊。在这部小说中，解构主义贯穿始终，将小说的叙述时间、结构、语言和自我都尽数解构，尖锐地挑战了读者的阅读经验，激发了读者的想象力。

纳博科夫一生流浪于世界各地，没有回过故乡俄罗斯，"他的小说展现出对精神家园的不懈追求，不断追求着'彼岸世界'的绝对真理并通过文学创作表现这一理念。他在小说中执着于描绘一个虚构的世界，为这个世界赋予真实的、多元的色彩，期望读者能够在作者创造的文本戏法和迷局中寻找到自己的答案，达到'震颤脊椎'的审美狂喜并望见永恒的'彼岸世界'，这也是其小说创作的终极意义所在"[11]。

《普宁》描述了一个俄国老教授在美国的流亡生活。他虽然有些古怪，但是性格温和。他沉溺于旧纸堆里，靠钻研俄罗斯古代文化和古典文学打发时间，常常流露出一种浓浓的乡愁。小说里面也有两个普宁：一个是生活在回忆里的普宁，就像《洛丽塔》里面走不出回忆的亨伯特一样；另一个是生活在当下的叙述者"我"。普宁与"我"虽然处在同一个生命序列中，但是却生活在不同的时间里。小说结尾处，普宁说"他不在家，他已经走了，他早就走了"，暗示活在回忆里的普宁"消亡"了，也就宣告了"我"的"诞生"。时间之墙无声地消失了，过去、现在、未来就在这一刻融合在一起了。

纳博科夫不仅博学多知，还是一个语言大师。他的文学语言优美、纯净。小说文体极大地突破了传统小说的文体模式，给小说带来了更广阔的表现空间。

结　语

　　后现代主义小说流派纷呈，产生了不同的艺术宗旨和创作风格，但它们都有一个共同之处：以实验和开拓为口号，对小说从形式到内容进行了彻底的改造与革新，在创作方式上倡导自由实验的理念。"世界文学史上的种种事实表明，文学创作的发展是一个不断寻求新的艺术形式来表现新的社会内容的具体过程。英美后现代主义小说的出现恰好证明了这一文学发展的基本规律。然而，在这一过程中，有的追求是健康的、进步的，而有的则是荒谬的，甚至是灾难性的。合理、健康的艺术改革能促进文学的繁荣与发展，而极端、离谱的艺术翻新则会将文学创作引上歧途。英美后现代主义小说的发展历史也恰好证明了这一点。其中的精华因具有极强的艺术感染力和表现力而备受人们的青睐，而其中的糟粕却最多只能昙花一现，始终无法在文坛立足。应当指出，英美小说中的后现代主义虽不是 20 世纪下半叶唯一的潮流，也不是主流，但它不仅对整个世界文学的发展产生了难以估量的影响，而且也对文学创作的现代化和多元化起到了十分积极的促进作用。"[12]

注 释

①刘象愚，杨恒达，曾艳兵.从现代主义到后现代主义 [M].北京：高等教育出版社，2002：396-397

②刘象愚，杨恒达，曾艳兵.从现代主义到后现代主义 [M].北京：高等教育出版社，2002：389.

③孙建军.英国后现代主义小说发展述略 [J].文化创新比较研究,2017（2）

④胡作友，朱晗.托妮·莫里森的诗化书写与文化态度 [J].河南科技大学学报（社会科学版），2022（4）.

⑤ Emory Elliott，Society and the Novel in the Twentieth-Century America, The Cambridge Companion to Modern American Culture. Ed. Christopher Bigsby. Cambridge: Cambridge University Press，2006，p. 446

⑥莫里斯·迪克斯坦:《伊甸园之门——六十年代美国文化》,上海外语教育出版社，1985（107）.

⑦瞿宁霞.现代社会"摩西"的困惑——《万有引力之虹》中恩赞的"出埃及记"[J].江淮论坛，2015（5）.

⑧李维屏，张琳等.美国文学思想史 [M].上海外语教育出版社.2018: 933.

⑨李维屏，张琳等.美国文学思想史 [M].上海外语教育出版社.2018: 936.

⑩杨雪莹.唐纳德·巴塞尔姆小说中的后现代童话重构 [D].哈尔滨：黑龙江大学，2022.

⑪叶雯.纳博科夫小说文体研究 [D].南昌大学.2017.

⑫李维屏.英美后现代主义小说概述 [J].外国语（上海外国语大学学报），1998（1）.